FRED BREINERSDORFER

Reiche Kunden killt man nicht

SERIE PIPER

Zu diesem Buch

Der Rechtsanwalt Jean Abel, in den Fernsehfilmen des ZDF verkörpert von Günter Maria Halmer, hat eine bewegte Vergangenheit. »Reiche Kunden killt man nicht« blendet zurück in die Zeiten, als Abel sich noch als Privatdetektiv ohne juristischen Abschluß durchboxen mußte. Für Hauptkommissar Watrin gibt der abgerissene Privatdetektiv Abel genau den passenden Mörder von Albert Reissler ab – auch wenn Abel noch so sehr beteuert, der Ermordete sei sein Klient gewesen und daher für ihn viel zu wertvoll, insbesondere, wenn er am Leben ist. Aber Watrin glaubt seinen Indizien mehr als Abels ökonomischen Erläuterungen. Deshalb muß sich der Privatdetektiv daran machen, seine Unschuld selbst zu beweisen. Mit »Reiche Kunden killt man nicht« beginnt in der Serie Piper eine Folge von Jean-Abel-Krimis.

Fred Breinersdorfer, geboren 1946, studierte in Mainz und Tübingen Jura und Soziologie. Nachdem er lange eine Doppelexistenz als Anwalt und Autor geführt hat, ist er seit einigen Jahren nur noch im schreibenden Fach tätig. Da aber seine Figuren, sei es in Tatort- oder Abel-Krimis oder in Dokumentarstücken – legendär »Der Hammermörder« –, fast ausschließlich mit Rechtsbrechung oder -beugung befaßt sind, ist er seinem Metier doch treu geblieben.

FRED BREINERSDORFER

Reiche Kunden killt man nicht

Ein Fall für Abel

Piper München Zürich

Dieses Buch erschien zuerst 1980
im Rowohlt Taschenbuch Verlag.

Durchgesehene Taschenbuchausgabe
September 1997

Umschlag: Büro Hamburg
Simone Leitenberger, Susanne Schmitt, Andrea Lühr
Foto Umschlagvorderseite: Erika Hauri
Foto Umschlagrückseite: Ute Wolff
Druck und Bindung: Ebner Ulm
Printed in Germany ISBN 3-492-25668-6

Montag, 12. November

»Tach«, sagte der Mann, der Paloff auf der Treppe entgegenkam. «Grüß Gott«, antwortet Paloff in schönem Schwäbisch. Er stieg langsam die Stufen durch das alte Treppenhaus hinauf. Oben unter dem Dach gab es drei Türen. An der mittleren klebte ein Zettel:

Jean Abel
– Privatdetektiv –
telef. Voranmeldung erforderlich.

Paloff klopfte. Nichts. Er klopfte noch einmal, lauter. »Oho, Alter, das ist aber mal 'ne Überraschung.« Abel hielt die Tür mit der linken Hand, sein rechter Arm rief mit einer weiten Geste den Gast in seine Wohnung, sein Reich. Dann packte er Paloff mit beiden Händen an den Schultern und zog ihn an seine Brust.

»A Freid is es.« Abel lachte und imitierte Wienerisch. Die Tür bekam einen Fußtritt und schlug krachend zu. Der Detektiv zerrte Paloff den Mantel von den Schultern und schob ihn vor sich her zu einem breiten Ohrensessel. Paloff setzte sich in die zerschlissenen Polster und legte sein Pfeifenetui vor sich auf den Schreibtisch.

»Ich habe Arbeit für dich«, sagte er beiläufig.

»Wie?« Abel hätte mit allem gerechnet, bloß nicht mit einem Job.

»Arbeit, einen Auftrag.«

Abel angelte nach dem Stuhl hinter dem mit Büchern, Zetteln und gebrauchten Kaffeetassen überladenen Schreibtisch und zog ihn herüber. Er setzte sich rittlings. Paloff klappte sein Etui wie ein Buch auseinander, wählte eine Pfeife aus und begann sie sorgfältig zu stopfen.

»Worum geht's?«

»Dein Klient kommt gleich, er wird dir alles genau erzählen. Es handelt sich, soviel ich weiß, um eine Erbschaftsgeschichte.« Paloff paffte Qualmwölkchen.

»Und was ist das für ein Mann?«

»Ein Kollege aus Südamerika«, sagte Paloff nicht ohne Stolz wegen seiner weitreichenden Verbindungen.

»Südamerika, ich werd verrückt.« Abel spielte großes Erstaunen, um seinen Freund auf den Arm zu nehmen. Paloff war Philologe, Althochdeutsch in allen seinen Verästelungen. Man muß diese Sprache lieben wie ein richtiger Mann sein Auto, wenn man sich damit lebenslang beschäftigt, sagte Abel häufiger. Und nun ein Althochdeutschler aus Südamerika ante portas!

Weil Abel neugierig war wie eine junge Katze, begann er zu bohren, was der Südamerikaner von ihm wolle. Paloff wußte es selber nicht.

»Kaffee?«

»Bank überfallen, daß du dir echten Bohnenkaffee leisten kannst?« Abel knurrte etwas Zustimmendes, schob seinen Stuhl zurück und ging in den zweiten Raum seiner Dachwohnung hinüber, um am Waschbecken einen Topf mit Wasser zu füllen und auf die elektrische Platte zu stellen.

Der Privatdetektiv servierte einen starken, heißen türkischen Kaffee in angeschlagenen Moccatassen, die er, so mutmaßte sein Freund, in Kneipen mitgehen ließ. Die Unterstellung war falsch. Abel hatte die Tassen von seiner Mutter selig, die ihm dreiundsechzig Teile hinterlassen hatte. Nach dem Krieg hatte Madame Abel eine Wirtschaft namens „Ours d' Or“ drüben im Elsaß in einem Winkel am Ende der Welt betrieben.

Der Rauch von Paloffs Pfeife schwebte in dünnen Schwaden im Raum und schimmerte matt. Auf dem Plattenteller drehte sich Fred Astaires »Puttin' On The Ritz«. Ein fahler Herbstabend lag draußen vor dem Fenster, wo der Sprühregen wie Nebel um die Lichter der Laternen hing. Im Zimmer knisterte das Holz im Kanonenofen. Abel schmales Gesicht glühte. Er kratzte sich am kurzen Bart, rieb über die kurzgeschnittenen Haare, wenn er nachdachte und versuchte, Namen aus einer Gedächtnisschublade zu kramen.

Die beiden tratschten. Paloff hatte eine frühere Freundin von Abel getroffen und zum Essen eingeladen. Auf dem Heimweg hatte sie ihm von ihrer neuen Beziehung zu einem wesentlich älteren Mann erzählt. Paloff rätselte, wer das wohl sein könnte, um die fünfzig, Verleger, Nichttrinker und glücklich verheiratet? Da kommen ja nur wenige Personen in Frage. Abel lästerte über die Freundin und hatte fast alles schon vorher gewußt.

»Das war doch klar, daß die sich blitzschnell einen sucht, einen mit Kies, meine ich.«

»Haben Verleger Kies?«

»Muß! Vera kann Geld förmlich riechen.«

Abel war aufgestanden und kramte nach einer Schnapsflasche. Er schwelgte in seinen Vorurteilen gegen die wilde Vera, die er einmal geliebt hatte.

»Und dann nix mehr mit In-die-Schule-Gehen, anderer Leute Kinder erziehen. Jetzt gibt's nur noch Porsche fahren und auf Parties und Vernissagen rumrennen.«

»Bessere Kreise.« Paloff zuckte mit den Schultern, er gehörte selbst dazu.

»Ob dein Freund noch kommt?«

»Er ist sonst immer pünktlich.« Paloff schaute auf seine Uhr.

Zwei Stunden später.

»Er kommt bestimmt.«

»Hoffentlich.« Abel gähnte. Er glaubte nicht mehr an den Job. Dabei könnte er verdammt gut ein paar Märker gebrauchen.

»Bestimmt, wenn ich's sage«, beharrte Paloff, »er ist aus Südamerika, die nehmen sich dort einfach Zeit.« Paloff erledigte gerne alles korrekt. Er fühlte sich verantwortlich für die Verspätung und war nervös.

Abel trank ächzend einen Schluck hellen Schnaps aus dem Wasserglas, das vor ihm stand. Die beiden schwiegen. Im Ofen fuhr krachend ein Holzscheit auseinander. Unten auf der Straße bissen sich zwei Köter. Und deren Herrchen schrien herum.

»Thomas ist jetzt beim Finanzamt«, sagte Paloff.

Da knarrten die Stufen vor der Tür unter unsicheren Schritten. Abel hob den Kopf. Paloff legte die Pfeife aus der Hand. Die Schritte verharrten in der Nähe der Tür. Der Lärm auf der Straße hörte so plötzlich auf, wie er begonnen hatte. Es klopfte jemand an der Tür.

Der Mann, der den Raum betrat, war klein und untersetzt. Seine stämmige Erscheinung paßte nicht zu den vorsichtigen Schritten. Abel hatte das Deckenlicht angeschaltet, er stand hinter dem Fremden, so daß er nicht sehen konnte, wie dessen Miene sich aufhellte. Paloff und der Mann begrüßten sich freundschaftlich.

»Das ist der Mann, den ich Ihnen empfohlen habe, Herr Kollege«, sagte Paloff und deutete auf Abel.

»Aha, schön«, sagte der Mann und säuberte seine beschlagene Brille sorgfältig mit einem Taschentuch.

»Abel«, stellte sich der Detektiv vor.

»Sehr angenehm, Reissler.« Der Fremde preßte die Hand des Detektivs fest zusammen. »Sie wissen sicher, daß Herr Paloff und ich Kollegen sind, wir kennen uns von Kongressen, ihr Freund ist eine wissenschaftliche Autorität, daher mein Vertrauen, seinen privaten Ratschlag zu befolgen.«

Reisslers Gesicht zeigt dennoch Skepsis. Sein Blick wanderte flüchtig durch den matt erleuchteten, kleinen Raum. Abel lebte damals in der Grauzone des Existenzminimums. Paloff lächelte entschuldigend.

Abel verkniff sich eine Entschuldigung. »Bitte nehmen sie doch Platz.«

»Danke«, sagte Reissler und setzte sich zögernd auf die Stuhlkante. In seinem Inneren suchte er nach einer Ausrede, wie er aus dieser Mansardenwohnung schnell wieder herauskommen könnte. Abel ahnte die Gedanken des Mannes. Er verschwand im hinteren Zimmer und kehrte mit einem Glas zurück. Er stellte es direkt vor Reissler.

»Trinken sie auch ein Glas?« fragte Abel und näherte sich mit der Flasche.

»Schnaps?« fragte Reissler. Von Paloff wußte Abel, daß es auch Hochschullehrer gab, die tranken. Ein Philologe, der Schnaps trinkt, paßte zwar nicht in Abels Weltbild, aber es war den Versuch wert.

»Ja, Obstschnaps.«

Abel hielt die Flasche kurz über das Glas. Es klappte.

»Ja, gerne«, sagte der Mann und nickte. Abel schenkte ordentlich ein. Reissler kippte den Obstler wie Limo hinunter und stellte das Glas so, daß man es bei der nächsten Runde nicht übersehen konnte. Abel beobachtete den Vorgang, dann trank er selbst.

»Noch einen?«

»Ja gerne, das wärmt.« Wieder weg wie Limo. Reissler war fürs erste gewonnen.

Die drei Männer saßen um den Tisch und sahen sich an. Hätte auch Paloff getrunken, es wäre fast gemütlich gewesen. Nachdem Reissler sich von Abels strohtrockenen »Anbietzigaretten« angezündet hatte – Abel selbst rauchte nicht –, fragte der Detektiv geschäftsmäßig, wo der Schuh denn drücke. Reissler saß aufrecht und starr auf dem Stuhl und schaute Abel aufmerksam an.

»Mein Problem ist privater Natur, eine alte Geschichte. Ich selbst kann es nicht lösen. Ich bin daher auf fremde Hilfe angewiesen. Es geht um Ermittlungen, die Sie für mich durchführen sollen.«

»Das ist mein Beruf.« Abel trank ein Schlückchen. Hört sich gut an, dachte er.

»Ich komme aus Venezuela«, fuhr Reissler fort, »und bin dort an der Universität tätig, geboren bin ich aber in Stuttgart. Nach dem Krieg – ich war Mitte Zwanzig – bin ich zusammen mit meinem Vater nach Südamerika. Es gab dafür private, na ja, sagen wir besser politische Gründe. Die einen sind damals geflüchtet und haben im Ausland ihren Weg gemacht, die anderen sind hier in der Heimat geblieben. Und um die – soweit sie aus meiner Familie sind – geht es.«

Abel nickte und begann sich Notizen zu machen.

»Unsere Familie ist verhältnismäßig wohlhabend. Mein Großvater hat das Vermögen angesammelt, wie, weiß heute keiner mehr. Weder mein Vater noch ich ahnten etwas über die Höhe, es gab nur Gerüchte, Vermutungen. Bis zu seinem Tod hat mein Vater immer wieder davon gesprochen, daß wir ausgesorgt haben würden, wenn der Erbfall eintreten würde.«

»Hat Ihr Vater diesen Erbfall noch erlebt?« fragte Abel, ohne von seinem Block aufzusehen.

»Nein, mein Vater ist vorher gestorben.« Reisslers Miene blieb unbeweglich. »Der ›Erbfall‹, das war das Ableben meiner Großmutter. Sie hieß Haussmann und war so was wie eine schwäbische Stammfürstin. Sailerstochter aus dem Stuttgarter Bohnenviertel. Geizig, verschlagen und zäh. Sie ist erst nach meinem Vater gestorben. Trotz allem war sie voller Gerechtigkeitssinn, wenn es die Familie betraf. Mein Vater hatte das immer wieder betont und fest daran geglaubt, daß wir in Südamerika nicht betrogen werden würden.«

»Und hat sich Ihr Vater getäuscht?«

»Ja.« Reissler drehte das Schnapsglas zwischen seinen Fingern. »Als die Großmutter 1964 starb, hier ist der Totenschein«, Reissler reichte ein verschlissenes Blatt über den Tisch, »bin ich nach Deutschland gekommen, um das Erbe anzutreten. Die Verwandten haben mich sehr distanziert behandelt, mit dem Tenor: ›Du hast dich nie um deine Großmutter gekümmert, jetzt, wenn es ums Geld geht, bist du da!‹ Ich bin mir damals ziemlich schäbig vorgekommen, so, als wollte ich die anderen bestehlen.«

»Es war aber eher umgekehrt«, warf Paloff dazwischen, der ahnte, worauf die Sache hinauslaufen würde. Er zog heftig an seiner Pfeife.

»Damals habe ich mich mit dem Nachlaßgericht in Verbindung gesetzt«, fuhr Reissler fort, »und dort einen Erbschein erhalten, der auf ein Drittel der vorhandenen Erbmasse lautet. Das stand mir auch zu, denn mein Vater hatte zwar drei Geschwister, aber ein Bruder ist kinderlos im Krieg geblieben, so daß außer meinem Vater noch zwei beziehungsweise deren Kinder je ein Drittel erbten; sozusagen zwei weitere Äste des Stammbaumes, außer unserem.«

Abel nickte, denn die gesetzliche Erbfolge konnte er

herunterbeten, auch wenn es für ihn nie was zum Erben gegeben hatte. Immerhin hatte er sein erstes juristisches Staatsexamen, wenn auch mit unsäglichem Glück, bestanden.

»Das Merkwürdige war nur, daß mein Anteil verhältnismäßig mager ausfiel. Alles zusammen am Schluß nur knapp hunderttausend Mark. Dabei war eine Gießerei vorhanden, mit zwei Verarbeitungsbetrieben. Das Grundstück, auf dem die Gebäude der Firma standen, soll früher uns gehört haben und dann in den fünfziger Jahren verkauft worden sein. Neben einer großen Villa am Killesberg hier in Stuttgart, beste Gegend, wie Sie sicher wissen, muß es noch Miethäuser in der Stadt und Grundstücke auf dem Land gegeben haben.«

»Da hätte sich das Erben gelohnt«, meinte Abel.

»Von allem war angeblich nichts mehr da.« Reissler fuhr mit einer knappen Bewegung der Hand durch die Luft. »Die Grundstücke und Häuser sollen nach dem Krieg von den Alliierten konfisziert worden sein – ohne Abfindung, hieß es. Danach waren sie so heruntergekommen, daß man sich zu einem Notverkauf entschlossen haben will. Und was bringen schon Notverkäufe? Und die Firmen waren notleidend, hieß es. Man hat mir damals ein Gutachten von zwei Wirtschaftsprüfern vorgelegt, aus denen hervorging, daß der Wert des gesamten Unternehmens praktisch Null war und nur die Betriebsgrundstücke – abzüglich hoher Belastungen – noch knapp dreihunderttausend Mark bringen würden.«

Paloff schüttelte ungläubig den Kopf.

»Dreihunderttausend muß das heißen«, er zeigte mit dem Finger auf das Notizpapier von Abel.

»Heißt es auch«, knurrt Abel.

»Damals war ich schon skeptisch und habe mir einen Rechtsanwalt genommen, fuhr Reissler fort, »der hatte jedoch nur wenig Zeit auf die Prüfung der Unterlagen verwendet und mir schließlich geraten, aus den Firmen, deren Teilhaber ich als Erbe war, auszuscheiden und meinen Anteil zu realisieren, bevor ein Konkurs kommen würde. Ich habe diesen Rat – wenn auch mit großen Bedenken – befolgt, da die Vorgänge plausibel dargestellt waren und ich befürchten mußte, schließlich noch alles zu verlieren.«

»Wie hieß der Mann?« fragte Abel dazwischen, ohne aufzublicken.

»Wer?«

»Der Anwalt, den Sie hatten.«

»Kuhlmann«, antwortet Reissler. Nach einer versonnenen Pause sprach er weiter: »Später erst habe ich mich gewundert, woher die anderen Erben so schnell das Geld aufgetrieben haben, um mich auszuzahlen, wenn alles so marode war, wie es aussah. Ganz besonders deshalb, weil die ganze Mischpoke ihre Einkünfte ohne Ausnahme aus den Firmen bezog. Keiner von denen war in der Lage, durch seiner Hände Arbeit etwas zu verdienen. Keiner hatte was Richtiges gelernt. Ich habe in Venezuela dann immer die Wirtschaftspresse über Deutschland verfolgt. Dabei bin ich schließlich vor knapp drei Wochen auf eine Notiz gestoßen, aus der hervorging, daß die Haussmann Metallverarbeitungsgesellschaft mbH in Stuttgart – eine Dachgesellschaft – für einen nicht näher genannten Preis mit einem Großunternehmen fusioniert hat und daß die bisherigen Inhaber Kurt Haussmann und Ina Haussmann-Nash entsprechend ausbezahlt wurden. Das sind mein Vetter und meine Cousine, die bedauernswerten Miterben von damals, die mir noch vorgejammert haben, welch ein Risiko sie mir abnehmen, als sie mir den Barfindungsscheck überreichten.« Reissler schob einen Zeitungsausschnitt über den Tisch.

»Eigenartig, was schwäbischer Unternehmungsgeist aus einer konkursreifen Firma alles machen kann.« Abel drehte den Zeitungsausschnitt mit dem spanischen Text unschlüssig in der Hand.

»Mir ist schlagartig klargeworden, daß man mich damals betrogen haben muß«, sagte Reissler bitter, »und ich bin sofort gekommen, mein Recht zu suchen.« Er lehnte sich zurück und drehte das leere Schnapsglas in den Händen. Abel schenkte nach und wunderte sich, wieviel dieser Mann vertrug.

»Eines ist mir nicht klar«, sagte Abel langsam und fuhr mit dem Bleistiftstummel an seinen Notizen entlang. »Sie heißen Reissler, folglich hieß auch Ihr Vater so, wie sind Sie genau mit der Familie Haussmann verwandt?«

»Meine Mutter war eine geborene Haussmann und stammte aus Stuttgart.«

»Gut, aber dann hätte Ihr Vater nicht geerbt, nur Sie persönlich.« Abel sah Reissler an.

»Richtig, mein Vater hätte zwar unter Umständen auch selbst erben können – das lassen wir beiseite –, er hat aber die wenigen Kontakte nach Deutschland immer aufrechterhalten und hat quasi als Sachwalter meiner Mutter gearbeitet. Aus diesem Grund konnte er – aus einer Art Überidentifikation heraus – von ›unserem‹ Erbe sprechen; das war für ihn nichts Ungewöhnliches. Schließlich wäre ich auf alle Fälle bedacht worden, und mein Verhältnis zu meinem Vater war ausgezeichnet.«

»Wird akzeptiert«, sagte Abel trocken.

Reissler schob einen kleinen Stoß Papiere zu Abel hinüber und sagte: »Das sind die Unterlagen, die ich habe, vielleicht werden Sie klug daraus. Ihre Bemerkung zeigt mir, daß Sie ein guter Beobachter, oder besser Zuhörer, sind.«

Paloff sah von der Pfeife auf, die er gerade reinigte. »Was soll Herr Abel jetzt für Sie unternehmen, Herr Reissler?«

»Er soll klären, wie und möglichst genau von wem ich übers Ohr gehauen worden bin.« Er sah Abel an und beobachtete, wie dieser noch einmal seine Notizen durchging. Er hatte Vertrauen gefaßt, lehnte sich zurück und trank in gemächlichen Schlucken den letzten Rest von Abels Schnaps.

Die Männer schwiegen. Der Detektiv hatte sich zu dem Auftrag noch nicht geäußert. Er war in seine Notizen vertieft. Dann fragte er, ohne von seinen Blättern aufzusehen, wo genau die Villa am Killesberg liege.

Reissler nannte die Adresse und gab dann noch Auskunft über die mutmaßliche Lage der anderen Häuser und Grundstücke. Abel schrieb alles mit einem dieser Bleistiftstummel auf, die er neben seinem alten Füllfederhalter benutzte. Dann gingen sie zusammen die auf dem Tisch liegenden Dokumente durch.

»Ja«, sagte der Detektiv schließlich und sah Reissler ins Gesicht, »eine interessante Sache, ich nehme den Auftrag an.«

Reissler nickte erleichtert. Er konnte nicht wissen, daß Abel bei seiner chronischen Finanzschwäche kaum etwas anderes übrigblieb. Paloff erhob sich als erster. Er packte seine Pfeifen behutsam zusammen.

Reissler war noch unschlüssig, er sah zu Abel hinüber und fragte: »Wie stehen unsere Aussichten?«

»Schwierig«, murmelte Abel. »Für den Erfolg kann ich nicht garantieren. Aber, schaun wir mal.« Er legte die Papiere auf den alten breiten Schreibtisch und kam auf Reissler zu.

»Buoeno«, sagte Reissler zufrieden und stand auch auf, kam auf Abel zu und gab dem Detektiv die Hand:

»Sie werden es schon schaffen, davon bin ich überzeugt.«

Abel nickte. Eine Sache war noch offen. Abel hatte immer noch nicht den Dreh heraus, wie man über das Honorar redet, deswegen verhaspelte er sich. »Mein Honorar beträgt – also, wenn Sie nichts dagegen haben, zweihundertfünfzig Mark am Tag plus Spesen – äh, die werden natürlich genau abgerechnet«, sagte er, als Paloff und Reissler im Begriff waren, das Zimmer zu verlassen. Paloff schien nichts gehört zu haben.

Seit seiner frühen Jugend waren ihm Gespräche über Geld so was von egal. Reissler drehte sich um und lächelte. Er griff in die Tasche seines Jacketts und zog seine Brieftasche heraus. Wie Abel und Paloff sehen konnten, war sie prall mit Geldscheinen gefüllt.

»Sie brauchen sicher einen Vorschuß, Herr Abel«, sagte er und sah sich in der Mansarde um. »Reichen tausend Mark für die ersten Tage?« Er streckte die Hand aus und gab Abel ein paar Geldscheine.

Abel antwortet nicht und nahm aber das Geld. »Quittung?« fragte er dann.

»Nein, danke, ich vertraue Ihnen«, sagte Reissler und winkte mit der Linken ab, während er die Brieftasche zurücksteckte.

Abel nickte und wühlte auf seinem Schreibtisch herum. Aus einem ungeordneten Berg mit Papieren zog er einige Formulare hervor, die er umdrehte und auf den Tisch schob.

»Bitte noch die Vollmachten«, sagte er geschäftsmäßig zu Reissler, der schon wieder fast an der Tür war.

»Wofür?« Reissler betrachtet die Papiere skeptisch. Paloff zog die Brauen hoch.

»Ich muß mich bei Behörden für Sie legimitieren können«, erklärte Abel sachlich, obwohl er bemerkt hatte, daß Mißtrauen aufkam. Reissler nickte und unterschrieb, nachdem er die Texte gelesen hatte.

»Und damit Sie mich erreichen können.« Abel gab dem Mann seine Karte.

»Aha, danke.« Reissler steckte die Visitenkarte in die kleine Brusttasche außen am Jackett.

Am Türpfosten eckte er leicht an, als er Abel verließ. Aber das kann auch an der trüben Beleuchtung im Treppenhaus gelegen haben. Als sich die Tür hinter den beiden Philologen geschlossen hatte, roch Abel an den Geldscheinen. Er fand schon immer, daß Geld riecht. Dieses hier nach dem Leder einer Brieftasche aus Kroko.

Dienstag, 13. November

Der nächste Morgen war aschgrau. Obwohl es schon zehn Uhr war, drang kaum ein Schimmer Tageslicht durch die Vorhänge von Abels Zimmer. Ein kalter Herbststurm klapperte mit den Dachschindeln. Abel saß auf der Kante seines Bettes und hatte die Hände zwischen die nackten Knie geklemmt. Ihm war kalt. Langsam ließ er seinen Kopf auf die Brust sinken. Als ihn ein Schauer überlief, fuhren seine Hände hinauf zur Stirn. Er spürte, wie der Puls die Schmerzen durch den Schädel trieb. Abel rieb die Augen, ohne den Kopf zu bewegen. Seine Zunge schmierte den üblen Nachtgeschmack der Zähne durch den Mund. Beim nächsten Kälteschauer zog er die Luft scharf ein.

»Scheiße noch mal. Okay, man soll die Feste feiern, wie sie fallen. Aber gleich wieder so?«

Er stand ächzend von der Bettkante auf und faltete die Hände hinten im Nacken. Die Kopfschmerzen waren unerträglich. Er griff nach seinem Rollkragenpullover, der vor dem Bett lag, und streifte ihn vorsichtig über das enorme Gerät, das er auf seinen Schultern an Stelle des Kopfes spürte. Mühsam schaffte er die fünf Schritte bis zu seinem Ohrensessel im Büro nebenan, dort verharrte er und schaute tiefsinnig auf die Flasche Roten, die er aus der Kneipe am Ostendplatz mit nach Hause gebracht hatte, bevor ihn die Übelkeit würgte und zum Hinsetzen zwang. Er schluckte einige Male kräftig, denn einige schnelle Schritte zum Klo hinaus hätten seinen Schädel gespaltet. Abel hockte zusammengesunken auf der Sesselkante. Er stellte die Flasche auf die Seite, ohne hinzusehen. Der Magen beruhigte sich. Abel gähnte mit weit offenem Mund. Erst als er wieder frei atmen konnte, stand er langsam auf, um an sein Waschbecken zu gehen. Ob es einem wie Reissler morgens auch so dreckig ging?

»Drei Aspirin, Zähneputzen, unter die Dusche«, befahl er sich laut und betrachtete sein mitgenommenes Gesicht im Spiegel. Wenigstens ein schwaches Lächeln gelang ihm mühsam. Mit schalem Leitungswasser spülte er die Tabletten hinunter und gurgelte. Nach dem Zähneputzen legte er sich in Hose und Pullover zurück ins Bett. Zugedeckt bis zur Nase, wartete er, bis das Schmerzmittel wirkte, und bereitete sich innerlich auf den bevorstehenden Schock der kalten Dusche vor. Abel war kein Kneippianer. Er hatte bloß kein Geld, den Durchlauferhitzer reparieren zu lassen. In schwäbischen Mietverträgen ist das Sache des Mieters.

Es klopfte. »Nein«, sagte Abel matt. Bloß jetzt niemanden sehen!

Fausthiebe polterten an die Tür. »Später, zum Teufel«, schrie er und zuckte zusammen.

Draußen wurde jetzt an der Tür gerüttelt, jemand rief

etwas Unverständliches. Abel drückte sich mit beiden Armen vom Bett hoch und tappte zur Tür. Der Schlüssel steckte, es war von innen abgeschlossen. So blau war er also doch nicht gewesen. Ihm fiel sogar ein, daß er die Flasche Roten zusammen mit dem Angeschriebenen bezahlt hatte, bevor er nach Hause gegangen war.

Abel öffnete. Durch den Spalt der Tür drängten sich sofort zwei Männer in den Raum. Der jüngere von beiden drehte sich um und kramte in der Tasche.

»Kriminalpolizei Stuttgart.« Er hielt seine Marke in die Richtung, in der Abel noch mit der Türklinke in der Hand stand. Der Mann verharrte einen kurzen Augenblick in der pathetischen Haltung eines Schiedsrichters, der die gelbe Karte zeigt, dann wandte er sich ab und ließ den Ausweis wieder in die Tasche zurückgleiten.

»Raus«, sagte der Detektiv. »Es gibt keinen Grund, mit der Konkurrenz zu plaudern.«

»Ich kann auch gleich mit einer Haussuchung anfangen«, knurrte der Ältere.

»Schönen guten Morgen«, fauchte Abel und ließ die Tür krachend ins Schloß fallen. Die beiden Beamten in weiten Mänteln mit Wasserflecken und triefenden Regenschirmen in den Händen fuhren zusammen.

»Is'n los?« fragte er grimmig und preßte die linke Hand an den Kopf.

»Fragen.« Der Ältere wirkt wie ein pensionierter Bilanzbuchhalter, müde und alt. Ohne ein Wort sank er in den Besuchersessel und schloß die Augen. Der Jüngere mit Brille und roten Haaren trat wie ein Vasall hinter den Thron seines Vorgesetzten.

»Ich muß duschen«, sagte Abel knapp.

»Kennen Sie diese Karte?« fragte der ältere Mann in zynischem Ton und schob, ohne die Augen zu öffnen, eine verfleckte Visitenkarte über den Tisch, dahin, wo er

Abel vermutete. Der Detektiv nahm die Karte und legte sie sofort wieder zurück.

»Eine von meinen Visitenkarten«, sagte er, und ihm schwante, daß da irgendwas nicht koscher war.

»Wem haben Sie diese Karte gegeben?« fragte der Rotköpfige dazwischen.

»Weiß ich's?« Abel kniff die Augen zusammen. »Ich will wissen, was los ist«, sagte Abel prononciert, der Schmerz in den Schläfen pochte. Weil der alte Kripomensch schwieg und der Rothaarige nur wichtig guckte, stand Abel auf und wollte ins zweite Zimmer der Mansarde gehen.

»Stopp, mein Freund«, der Jüngere war sofort an Abels Seite, um einen vermeintlichen Fluchtversuch zu vereiteln. Abel, der erheblich größer und kräftiger war als der rote Hänfling, fuhr zur Seite und stellte sich mit dem Rücken zur Wand, die Arme aggressiv nach vorne gestreckt. Er biß sich auf die Lippen, um das Ziehen im Kopf zu unterdrücken.

»Was soll der Scheiß?« schrie er. »Ich hole mir ein paar Socken, daran lasse ich mich nicht hindern, von dir schon gar nicht.«

»Laß ihn«, sagte der Alte ruhig, und der Rotschopf gehorchte zögernd.

Abel ging zu seinem Bett und zog darunter einen Karton hervor, kramte darin und holte ein paar frische Wollsokken hervor. In dem fast blinden Spiegel an der Wand konnte er sehen, daß der jüngere Kriminalbeamte vier Schritte hinter ihm stand und jede Bewegung registrierte. Abel stand auf und unterdrückte ein Stöhnen, denn die Bullen ging es einen Scheißdreck an, wie er sich fühlte. Auf dem linken Bein tanzend, zog er den Strumpf über den rechten Fuß. Wer mit einem Schädel wie ein Rathaus je auf einem Bein getanzt hat, weiß, wie sich Abel fühlte, als der Schmerz nachließ und wieder zu dem alten trat. »Ihr kriegt nichts«, beschied Abel und räumte eine fast leere Schnapsflasche vom Tisch, »ihr seid im Dienst.« Abels Magen schlug einen Salto. »Was ist jetzt mit der Karte da?« Von Abels Fingern geschnippt, schwebte sie auf den Buchhalterbullen zu.

»Diese Karte haben wir heute nacht bei einem Mann gefunden.« Der Alte hielt die Hände gefaltet vor sein Gesicht.

»Und was hat der Typ ausgefressen?« Abel fühlte sich wieder stark. Zur Ankurbelung seines Gewerbes hatte er seit seinem Examen etwa ein halbes Tausend dieser Visitenkarten in der Stadt verteilt. Das ließ sich leicht nachweisen.

»Nichts«, sagte der Beamte, »er hatte nichts ausgefressen.«

»Was soll dann das ganze Theater hier?« Abel zog mit der Hand einen weiten Kreis um die beiden Männer.

»Der Mann ist tot, Abel, und die Karte ist das einzige gewesen, was wir bei ihm finden konnten.«

Die Luft in dem kahlen Vernehmungszimmer in der Dorotheenstraße war stickig. Die Heizung stand unter Dampf. Die Fenster mit den geätzten Scheiben hatten schon lange keine Beschläge mehr und konnten nicht geöffnet werden. Abel saß auf einem Holzstuhl und wartete auf den nächsten verbalen Stoß, den sie ihm versetzen würden. Neonlicht, zwei Schränke – davon einer mit metallenen Schubfächern –, ein Schreibtisch, Stühle. Noch nicht einmal ein Kaktus gedieh auf dem Fenstersims im Wüstenklima über den schmuddeligen Heizkörpern. Kasernenmief und Pulverkaffeearoma.

Zum Glück wirkte wenigstens anfangs das Aspirin.

Abel hatte mit den Kriminalbeamten ins Präsidium

fahren müssen. Zunächst war er in eine kleine Haftzelle gebracht worden, wo er über zwei Stunden warten mußte. Interessiert hatte er die Wände mit den unvermeidlichen Kritzeleien inspiziert und die Zelle mit Schritten ausgemessen. Schließlich war es das erste Mal, daß Abel eine Zelle von innen ausführlich begutachten konnte. Nicht einmal zur Ausnüchterung hatte er gesessen. Es stank nach Pisse, Schweiß und kaltem Rauch. Abel bekam fast Platzangst. Er versuchte an einen bestimmten Strand in Südfrankreich zu denken. Und an die Frau, die er dort kennengelernt hatte.

Später war dann ein Wachtmeister gekommen, um ihn in dieses Zimmer zum Verhör zu bringen.

Nun saßen sie sich schon drei Stunden gegenüber, Watrin, der alte Bulle, der rote hieß Riebele und Abel, in dessen Kopf mittlerweile wieder ein dumpfer Schmerz Löcher hämmerte, denn die Wirkung der Tabletten hatte nachgelassen. Abel hatte erfahren, daß gegen 0 Uhr 30 ein toter Mann auf einem Bahndamm bei Cannstatt gefunden worden war. Im zynischen Jargon der Bullen eine »lange Leiche«, da die Teile des Körpers über zweihundert Meter an den Gleisen entlang verstreut lagen.

Der Lokführer des Güterzugs, der den Mann überfahren hatte, meldete das Ereignis und hatte bei seinem ersten Verhör glaubhaft ausgesagt, daß der Mann bewegungslos mit dem Kopf auf den Schienen gelegen habe, als der Scheinwerferkegel der Zugmaschine auf ihn traf. Trotz sofortiger Alarmbremsung habe er nicht verhindern können, daß der Zug den Körper erfaßte.

Die Obduktion – deshalb hatte man Abel so lange warten lassen – hatte ergeben, daß der Mann schon tot gewesen war, als ihn der Zug überfuhr. Der zerrissene Körper hatte nicht mehr geblutet, als ihn die stählernen Räder zerfetzten. Den Todeszeitpunkt hatte der Gerichtsmediziner vorerst mit dem Zeitraum zwischen 19.30 und 21.30 Uhr angegeben. Eine genauere Bestimmung war bei dem Zustand der Leiche kaum möglich.

»Bleibt nur ein Schluß«, fuhr Watrin fort, »der Täter wollte nicht, daß wir den Mann identifizieren. Er hatte auch alle Hinweise wie ein Profi beseitigt. Keine Etikette in Hose, Mantel und Jackett, die Schuhe fehlen – man hätte an ihren Sohlen Erdspuren oder was Ähnliches finden können. Natürlich auch keine Brieftasche oder Geldbörse, kein Autoschlüssel, kein Führerschein, nichts ...«

Watrin hielt inne und schloß die Augen, es schien, als wolle er beten. Ohne sich zu rühren sah er dann auf und faßte Abel ins Auge: »Nur ihre Visitenkarte, Herr Abel!«

Abel war wenig beeindruckt: »Ich lege immer meine Visitenkarte neben die Männer, die ich ermorde. Deswegen richte ich die Leiche professionellerweise so zu, daß ihr sie nicht identifizieren könnt.«

»Die Karte steckte noch oben in der kleinen Tasche des Jacketts.« Watrin zeigte unbeeindruckt auf seine Brust. »Der Täter scheint sie da übersehen zu haben; das passiert übrigens häufiger mal, daß wir dort die besten Spuren finden.«

»Da hab ich Schelm wohl mit euch Bütteln Ostereiersuchen gespielt?«

»Mir ist es ernst, Herr Abel, hier ist ein Mensch ermordet worden.«

»Kann er nicht vorher eines natürlichen Todes gestorben sein, Meister«, blaffte Abel zurück, »das soll 's ja auch geben, daß einer beim Bumsen bei der Hosteß die Augen zumacht und der Beschützer der Dame, um Scherereien zu vermeiden, die Leiche auf diese Weise wegschafft; Tote schaden dem Gewerbe.«

»Und wie paßt dazu die professionelle Tour, die Identifikation zu erschweren? Der Mann lag zum Beispiel so genau mit dem Kiefer auf der Schiene, daß das Gebiß – sicherster Anhaltspunkt in aller Regel – total zerquetscht wurde.«

»Jeder Lude ist ein Profi und leistet im Zweifel pedantische Arbeit. Vielleicht ist er gelernter Beamter, der umgesattelt hat?«

An Abels Schienbein kam der Tritt des jungen Beamten nicht an. Der Schuh bollerte an die verschalte Vorderseite des Schreibtischs. Dem langen Abel traute niemand eine solche schnelle Reaktion zu. Riebele hatte sich das Sprunggelenk verstaucht, er rieb verbissen den Fuß, gab aber keinen Laut von sich. Nur sein Kopf war noch eine Spur röter als sonst. »Ein Indianer kennt keinen Schmerz«, sagte Abel und freute sich über den Blick, den der Alte seinem Helfer zuwarf.

»Sie, Herr Abel, Sie sind für uns zwar noch nicht sicher der Täter. Aber dringender Tatverdacht ... In einer solchen Situation haut man nicht so auf den Klotz.«

»Daß ›man‹ etwas nicht macht, kotzt mich schon seit meiner zartesten Jugend an, Watrin.«

Der alte Beamte nickte. Riebele mußte Kaffee holen gehen, und der Kommissar stand noch einmal auf, um sich die Füße zu vertreten. Die Pause tat allen gut. Abel bekam sogar eine Schmerztablette, die er zerbiß und ohne Wasser schluckte.

Abel war es, der das Gespräch oder besser: das Verhör wieder aufnahm: »Wer ist denn der Mann?«

»Endlich kommen wir zu einer vernünftigen Frage.« Watrin seufzte. »Das wollten wir eigentlich von Ihnen wissen, schließlich sind wir nicht so naiv, daß wir meinen, Sie hätten dem Opfer Ihre Karte zugesteckt, nachdem Sie den Mann umgelegt haben.«

»Was weiß man bis jetzt?« Der letzte, dem er eine Visitenkarte verehrt hatte, war sein neuer Klient.

»Der Mann dürfte die einssiebzig groß gewesen sein, bulliger Körperbau«, referierte Riebele, der selbst auch einlenken wollte, »blondes Haar, zwischen fünfzig und fünfundfünfzig, zweikommadrei Promille, Leber wie ein Junger, Blinddarm fehlt, das ist alles, was die Gerichtsmedizin in diesem Punkt jetzt sagen konnte.«

Er klappte einen grauen Aktendeckel zu, aus dem er seine Informationen bezogen hatte.

»Und die Klamotten?«

»Der Mann war bekleidet mit einem dunkelgrauen Anzug aus Flanell, weißes Baumwolloberhemd, blaurot gestreifte Krawatte, Mohairmantel und schwarze Strümpfe. Die Schuhe – wie gesagt – fehlen uns.« Riebele schloß wieder das Dossier.

Abel schwieg einen Augenblick und fixierte die beiden Beamten. »Der Mann heißt Albert Reissler, ist Venezolaner deutscher Abstammung und wohnt zur Zeit im Zeppelin . . . , ja, besser wohl: wohnte.«

Abel lehnte sich zurück und schaute weiter von einem zum anderen. Er genoß es, daß die beiden Polizisten verblüfft waren. Riebele griff nach einem Block auf dem Tisch, um alles aufzuschreiben. Bevor er jedoch fragen konnte, war Watrin aufgestanden, ging auf Abel zu und beugte sich hinunter.

»Woher kennen Sie den Mann, und wie ist er umgekommen?«

»Reissler war mein Klient.« Abel wich vor dem Bullen zurück, weil der Alte einen käsigen Mundgeruch hatte. Wahrscheinlich hielt es nur ein Kerl mit der Sensibilität eines Riebele bei diesem Mann aus. Abel trank seinen Kaffee aus, die Tablettenreste schmeckten bitter auf der Zunge.

»Es wäre mir recht, wenn Sie etwas auf Distanz gehen könnten«, bat er, und Watrin setzte sich hin. Abel begann gelassen und detalliert zu erzählen, was sich am vergangenen Abend zugetragen hatte. Denn er hatte nichts zu verbergen.

»Reiche Kunden killt man nicht«, sagte Abel zum Schluß.

»Da hat er auch wieder recht«, sagte Watrin zu Riebele, der fleißig mitgeschrieben hatte, obwohl ein Bandgerät lief.

»Da müssen wir allerdings erst mal den Herrn Paloff fragen, ob das stimmt«, knurrte Riebele, der seine Notizen vor Watrin auf den Tisch legte und so nah an seinen Chef heranrückte, daß er ihn bestimmt riechen mußte. Igitt, dachte Abel.

»Und den Herrn Haussmann.« Abel stand auf. »Herrn Paloff können Sie auch anrufen, der hat Telefon.«

»Nein, da fragt man wohl besser persönlich nach«, sagte Watrin. Riebele, der sich die Adresse von Paloff notiert hatte, hinkte hinaus.

Gut zwei Stunden später war Abel frei.

Abel war ein großer schlanker Mann mit eleganten Bewegungen. Sein schmales Gesicht zeichnete oft ein ironisches Lächeln. Und weil sich der Detektiv nicht gerne rasierte, lagen die Schatten eines rötlichen Dreitagebartes auf Kinn und Wangen, lange bevor das modern wurde. Graugrüne, lebhafte Augen mit Lachfalten unter dünn geschwungenen Brauen und kurzes, nach vorne gekämmtes Haar undefinierbarer Farbe. Der im großen und ganzen ungesunde Lebenswandel des Detektivs fand Niederschlag in einer durchsichtig wirkenden Haut. Meist trug er einen zweireihigen Anzug ehrwürdigen Alters, der immer schon eine Nummer zu groß war, und sogar Krawatten und einen breitkrempigen Hut, wenn er geschäftlich unterwegs war, seltener mal Jeans und Pullover.

Für Leute, die ihn nicht kannten, war es schwer, ihn einzuschätzen. Sein offenes Lachen und seine unstreitbar vorhandene praktische Intelligenz, sein Selbstbewußtsein, alles machte ihn für viele auf den ersten Blick sympathisch. Doch weil er immer zu unpassenden Zeiten die Klappe nicht halten konnte, gab es einige, die ihn nicht mochten. Das galt nicht nur für die beiden Polizisten, die ihn verhörten. Es gab aber auch Menschen, denen diese spezifische Mischung gefiel. Frauen mochten seine Augen und seine Hände und die Art, wie er zärtlich gewisse Dinge sagen konnte. Abel hatte nicht nur Affären, sondern jede Menge Freunde.

Paloff und er dagegen waren wirklich gute alte Freunde. Sie waren zusammen in die Schule gegangen, hatten im selben Viertel gewohnt und eine Zeitlang alles gemeinsam unternommen. Es war neben der gegenseitigen Bewunderung auch eine Art Symbiose, die die beiden zusammenhielt. Abel war groß und kräftig und hatte den Mut eines Terriers. Paloff, feingliedrig und kaum einsfünfundsechzig, war ein Hasenherz. Früher in der Schule, als körperliche Überlegenheit der größte Reichtum eines Jungen war, hatte Paloff von Abel profitiert, der jedem unmißverständlich erklärte, daß Ernie Paloff sein Freund war. Ernie brauchte Abel nicht abschreiben zu lassen, denn beide waren gleich faul und in den ersten Jahren gleich schlecht in der Schule.

Paloff kam aus einer reichen, adeligen Familie, er hieß richtig Ernest Christian Freiherr von Paloff, hatte Klavierstunden und verfügte über Taschengeld. Zehn Mark in der Woche, damals ein Vermögen. Hiervon schenkte er Abel regelmäßig vier Mark. So kam es, daß Abel an Paloff niemand heranließ, der versuchte, ihm nur ein Haar zu krümmen. Abel ist nicht käuflich; er hat nur früh lernen müssen, daß man sein Geld verdienen muß.

Denn Jean Abel stammt aus der Kohlenkiste.

Der Vater, der ungelernte Fabrikarbeiter Jakob Abel, war ein Deserteur der Wehrmacht. Im Elsaß im Januar 1945 in einer düsteren Frostnacht hatte er seinen Infanteriezug verlassen und hatte sich zum Franzosen durchgeschlagen. Dann war er den Franzosen abgehauen. Alle, die ihn gekannt haben, sagen, daß sein Sohn ein ganz ähnliches Lachen hat. Und das stimmt, wenn man sich die wenigen Fotos ansieht, die es von Jakob Abel gibt, der damals, nach dem Krieg, jünger war als sein Sohn jetzt. Vielleicht hat es was mit diesem Lachen zu tun, daß Jakob in dem schon erwähnten Gasthaus „Ours d' Or“ am Ende der Welt bei seiner Yvonne unterschlupfen konnte.

Als Jean am 1. Dezember 1945 geboren wurde, war das Leben nicht leicht für die Eltern in einem einsamen Flecken am Fuß der Vogesen. Ein deutscher Deserteur war fast so schlimm wie ein Kollaborateur in den Augen der Leute aus dem Dorf.

Die drei Abels zogen in die Französische Zone nach Ludwigshafen, wo es in der Industrie Arbeitsplätze geben sollte. Für Deserteure gab es nichts. Endlich, in Bochum, erkannte keiner den Infanteristen Jakob Abel. Er schlug sich dort mit seiner Yvonne und dem Balg durch. Sie zogen in Baracken, um den Anspruch auf die Zuteilung einer Wohnung zu bekommen. Bis wieder ein alter Kamerad auftauchte.

In Stuttgart fand Jakob Abel einen Job bei Daimler bis Mitte 1949. Dort entlarvte er einen Gestapomann, der in Reims die standrechtliche Erschießung von zwei Résistanceleuten befohlen hatte. Der Gestapomann wurde abgeführt und Abel kurz darauf aus betrieblichen Gründen entlassen. Als Jakob aus dem Tor schlich, kam der Gestapomann zur Arbeit zurück.

Der genaue Grund, warum sich Jakob Abel nach Weihnachten 1949 erhängt hat, ist unklar. Ein Abschiedsbrief existiert nicht. Jeder sagte, daß ein junger Mann, tüchtig wie er, in der jungen Republik alle Chancen der Welt gehabt hätte. Die Mutter lebte fortan allein mit dem Sohn in einer Arbeitersiedlung im Schatten des Gaskessels und verdiente den Lebensunterhalt in einer Fabrik und als Putzfrau in den Villen auf der Gänsheide, weiter oben am Berg. Dort wo auch Paloff mit seinen Eltern wohnte. Beide kamen tatsächlich aus demselben Viertel, dem Stuttgarter Osten.

Daß Abel ins Gymnasium kam, verdankte er einer alten Lehrerin, die meinte, bei ihm Talent entdeckt zu haben. Dort im Gymnasium trafen sich die Freunde zum erstenmal.

Irgendwie dauerte das Verhältnis fort bis heute. Bis dahin war es jedoch ein langer Weg gewesen. Paloff hatte sein Abitur mit Auszeichnungen bestanden. Auch Abel hatte damals respektabel abgeschnitten. Danach trennten sie sich für zwei Jahre. Während Paloff das Studium für Germanistik begann, meldete sich Abel freiwillig zum Militär. Man kann Verständnis dafür aufbringen, daß ihn seine Mutter daraufhin hinauswarf. Paloff war untauglich gewesen, nicht nur weil er kurzsichtig war, sondern weil ein Vetter seines Vaters ihm eine Reihe weiterer körperlicher Mängel attestierte, die sogar teilweise wirklich vorhanden waren.

Bei den Fallschirmspringern hatte Abel Saufen gelernt, eine Eigenschaft, die ihm später auf der Universität zustatten kam, als er in Tübingen Jura studierte und von der Burschenschaft Germania als Fuchs gekeilt wurde. Nach einer kurzen, aber steilen Karriere in der Verbindung – er brachte es zum Erstchargierten – schloß er sich einer der damals aufkeimenden politischen Studentengruppen an. Aus diesen Tagen rührte auch eine Vorstrafe wegen Landfriedensbruch her, die jedoch später unter die Amnestie gefallen ist.

Kurz bevor Abel dreißig wurde, starb seine Mutter Yvonne, die schon Jahre zuvor in ihre Heimat zurückgegangen war und mit ihrem Sohn wieder ein herzliches Verhältnis hatte, weil er nachträglich den Dienst mit der Waffe verweigerte. Jean litt unter dem plötzlichen Tod der kleinen, trotz eines verbrauchten Lebens so heiteren Frau.

In Tübingen hatten sich Abel und Paloff oft gesehen. Paloff hatte den Versuch unternommen, in der Verbindung Abels Fuß zu fassen, das mißlang jedoch wegen aufkommender Nierenkoliken bei Paloff, die eine Einschränkung des Bierkonsums erforderte.

Die später folgenden politischen Aktivitäten Abels am linken Rand der Szene hatten Paloff erschreckt. Er hielt sich für einen absolut unpolitischen Menschen.

Im Lauf der Jahre hätte Abel den Absprung ins Examen fast verpaßt. Zwar prädestinierten ihn seine unspezifischen Fachinteressen zum erfolgreichen Juristen, wenn man den Soziologen glauben will. Aber seine schludrigen Vorbereitungen auf das Erste Examen im sechzehnten Semester ließen ihm kaum eine Chance. Abel riskierte unbekümmert einen zweiten Versuch, der zu aller Erstaunen mit einem schwachen Ausreichend einen glücklichen Ausgang fand.

Paloff dagegen war damals schon länger Assistent im germanistischen Seminar gewesen und saß an einer langwierigen Doktorarbeit über bestimmte Aspekte der althochdeutschen Sprache. In seinem Fach war er anerkannt, wenngleich er unter den Intrigen in seiner Fakultät zu leiden hatte.

Nach dem Examen zog Abel zurück nach Stuttgart, wo er eine Stelle als Volontär bei der Zeitung bekam. Nach einem halben Jahr wechselte er zum Süddeutschen

Rundfunk als freier Mitarbeiter, und wiederum ein halbes Jahr später begann er von Gelegenheitsarbeiten zu leben, wie damals während des Studiums. In einer längst verschwundenen Kneipe lernte er Billardspielen. Seine Perspektiven für ein bürgerliches Leben gingen gegen null. Bis er mit dreiunddreißig sein Detektivbüro aufmachte, um sich »selbständig« zu machen.

Und Paloff brachte Abel in dessen neuem Beruf den ersten wichtigen Fall. Prompt gab es Schwierigkeiten.

Kaum hatte Riebele, der Kriminalbeamte, das Paloffsche Haus nach einer eingehenden Befragung verlassen, ging die Litanei los.

»Seit Jahren sage ich schon, daß es soweit kommen muß mit deinem Freund. Wer eine ordentliche Ausbildung nicht nutzt, kann nichts werden.« Paloffs Mutter redete mit hochrotem Kopf auf ihren Sohn ein, der an seiner kalten Pfeife zog und in Gedanken ein Buch durchblätterte.

»Ich weiß Mama, du hast es immer schon gesagt.«

»Das ist ja auch nicht schwer, wenn man darüber nachdenkt, nur ein bißchen nachdenken muß man.«

»Okay, kann ich jetzt arbeiten, Mama?«

»Nein, ich muß wissen, ob er etwas mit der Sache zu tun hat.«

»Ich weiß es nicht.«

»Vielleicht hat er es von seinem Vater geerbt?« Sie sank graziös in einen Sessel.

»Warum suchst du nach Erklärungen für einen Sachverhalt, den wir noch nicht kennen?« Paloff kramte nach einer Streichholzschachtel.

»Er ist im Grund ein so liebenswürdiger Mensch.« Paloffs Mutter verdrehte die Augen. »Aber ein Filou, vielleicht hat er das auch von seinem Vater?« Unschlüssig schüttelte die alte Dame den Kopf. Eigentlich konnte sie Abel nie böse sein. Seit sie ihn kannte, verzieh sie ihm alles – mehr als ihrem eigenen Sohn. »Oh, das Telefon.« Sie war schon aufgestanden. Doch es war keine von ihren Freundinnen.

»Für dich Ernest.« Enttäuscht brachte sie den Apparat an die Tür. Paloff schnappte erleichtert den Apparat und ging hinaus auf den Flur.

»Ernie, bist du's?« Abels Stimme war kaum zu verstehen. Er telefonierte aus einer Kneipe, in der eine Musikbox dröhnte.

»Die Polizei war hier.«

»Ja, ich weiß, ich habe sie geschickt.«

»Mußte das sein?«

»Ja, sonst würde ich immer noch bei denen in einem stinkigen Loch sitzen. Was haben sie denn gefragt?«

Paloff spürte seine Mutter hinter sich. »Ich kann jetzt nicht.« Er kannte ihre Schwatzhaftigkeit nur zu gut.

»Okay, wir treffen uns!« Die beiden verabredeten sich für den Abend.

Der Treffpunkt war ein Kompromiß. Paloff war nicht bereit, sich in einer von Abels Billardpinten sehen zu lassen, die ihm generell zu laut waren. Eines der guten Restaurants, wie sie Paloff bevorzugte, kam wiederum für Abel nicht in Frage, weil die Getränke dort teuer und – nach Abels Meinung – schlecht waren. So trafen sie sich in einem Weinlokal am Rand der Altstadt, in dem erst langsam der Betrieb anlief. Die Stammkunden saßen noch alle im Theater.

Als Paloff erschien, war Abel aufgestanden, um seinen Freund wie üblich zu umarmen. Paloff war frostig.

»Was ist gestern nacht vorgefallen?« fragte er.

»Ehrlich, Ernie, ich weiß es nicht.« Abels Gesicht war ernst. Er trank einen langen Schluck.

»Weißt du es nicht, oder weißt du es nicht mehr?« forschte Paloff weiter.

»Ich weiß es nicht, bestimmt, außerdem war ich gar nicht so besoffen.« Abels Stimme war leise, denn er spürte, daß Paloff durch den Tod seines Kollegen getroffen war.

»Wo bist du gewesen, als es passierte?«

»Du meinst zwischen acht und halb zehn?«

»Woher weißt du das so genau?«

»Weil's mir die Büttel gesagt haben.«

»Also, wo warst du?«

»Du wirst lachen, daheim. Ich bin erst um halb elf weg.«

»Wohl sicher mit einer von deinen Katzen?« Paloff betonte das Wort »Katze« pikiert.

»Gerade läuft katzenmäßig nichts«, Abel konnte schon wieder lachen. »Nein, total ohne Frau, ohne Alibi, ohne Reissler, schlicht ohne alles«, fuhr Abel fort. Er zählte einige Kneipen auf, wo er gewesen war, und sprach von seinem dicken Schädel am Morgen und daß er sich das nicht erklären könne.

»Wer ihn wohl umgebracht hat?« grübelte Paloff.

»Das werden wir rauskriegen, wenn wir uns den Fall genauer anschauen. Denn mit der Haussmannclique muß das zu tun haben. Ich wollte Reissler noch warnen. Aber wer denkt schon, daß die Biedermänner so schnell, konsequent und brutal zuschlagen? Seit mich die Bullen freigelassen haben, habe ich deswegen wie ein Wilder geschafft.«

»Was?«

»Ich habe mir den ganzen Tag die Füße wund gelaufen und den Arsch über Registern wund gesessen«, die Tischnachbarn schauten herüber, »dann habe ich von vielen amtlichen Unterlagen sogenannte ›Abschriften‹

machen lassen, pro Seite eine Mark. Den ganzen Kram habe ich dann durchgesehen und verglichen.«

»Was waren das für Unterlagen?« Paloffs Neugier war geweckt. Er kannte schließlich die Geschichte, die Reissler nach Stuttgart geführt hatte.

»Jedermann zugängliche Grundbücher und Auszüge aus dem Handelsregister unserer verehrten Vaterstadt, die man nicht fälschen und manipulieren kann, jedenfalls nicht in einem so großen Umfang, wie es erforderlich wäre, um die finanziellen Dimensionen zu vertuschen, um die es geht.« Immerhin, er hatte das ja mal studiert.

»Konkret?«

Abel nahm einen Schluck, kramte aus der Innentasche seines Anzugs einige zusammengefaltete Blätter mit handschriftlichen Notizen, die er vor sich auf den Tisch in die Weinflecke legte und glattstrich: »Dabei kamen ein paar interessante Sachen zutage. Zunächst einmal zu den Grundstücken: Da ist das Haus auf dem Killesberg in erster Lage. Birkenwaldstraße. Eigentümer sind jeweils zur Hälfte Carl Haussmann – also der Cousin von Reissler – und die Cousine Haussman-Nasch. Von Reissler selbst oder seiner Mutter nicht die geringste Spur im Grundbuch. Dasselbe bei drei Miethäusern in Stuttgart. Draußen in Nürtingen gehören den beiden einige Hektar Wald und ein ganzer Bauernhof auf der Alb bei Münsingen. Carl Haussman besitzt daneben noch ein Haus mit Eigentumsappartements, das er sich wohl selbst gebaut hat. Immerhin ist hier das Datum aufschlußreich: Sommer 1965.«

Paloff ergänzte: »Also ein Jahr nach dem Hinscheiden der Matriarchin.«

»Ich habe mir diesen Kasten einmal angesehen«, fuhr Abel fort. »Ich schätze, daß das Haus damals über eine Millionen – ohne Grundstück – gekostet hat. Man muß nicht unbedingt die Kombinationsgabe von Maigret besitzen, um daraus zu schließen, daß die Finanzkrise bei Haussmans nicht so existenzbedrohend gewesen sein kann, ein Jahr vorher, als man Reissler ausgezahlt hat.«

Paloff nickte. Die Fakten, die Abel genannt hatte, bestätigten die Vermutung seines toten Kollegen. Paloff zeigte das unverhohlene Interesse eines Wissenschaftlers, der außerhalb seines Gebietes sein Problem mit Methode angegangen sah.

»Und weiter?« Paloff bekam nun selbst ein Viertel Rotwein von einer ruppigen Kellnerin hingeknallt, wie es in den Stuttgarter Weinstuben so gang und gäbe ist.

»Einen Rechtspfleger vom Registergericht konnte ich rumkriegen, daß er mir einen der Verträge zeigte, mit denen die Haussmanns die Grundstücke erworben haben.«

»Ist das überhaupt bekannt? Jeder kann doch ein Grundstück kaufen, ohne daß es das Grundbuchamt etwas angeht, auf welche Weise der Vertrag zustande gekommen ist.« Paloff war über die Möglichkeiten der Indiskretion bei einer Behörde indigniert.

»Doch mein Lieber«, sagte Abel, »die prüfen das sogar sehr genau, und die Verträge werden gut verwahrt.«

»Aber ...«

Abel winkte ab und unterbrach: »Ich weiß, was du sagen willst, ich war ja legitimiert, denn Reissler hatte mir Vollmacht gegeben. Zudem besaß ich den Erbschein von Reissler; das hat dem Rechtspfleger genügt. Jedenfalls habe ich die Verträge einsehen dürfen.« Abel zeigte auf die Papiere: »Fest steht demnach, daß die alte Dame schon 1961 die Liegenschaften ihren Enkeln schenkungsweise vermacht hat. Das ist an sich nichts Außergewöhnliches. Mit solchen ›Ausstattungsverträgen‹ versucht man immer die Erbschaftssteuer zu umgehen.«

»Ist ja interessant.« Paloff zog das Notizblatt von

Abel herüber und spickte hinein. »Da könnte ich also die Erbschaftssteuer sparen, wenn mein Vater mir jetzt schon das Haus schenkt?«

»Ja, du Kapitalist«, knurrte Abel, »du mußt nur schnell machen, denn wenn der alte Herr nicht noch zehn Jahre am Leben bleibt, dann mußt du trotzdem blechen.«

»Aha.« Paloff nickte nachdenklich. »Und warum sind Reisslers Mutter oder er selbst nicht beschenkt worden?«

»Weil sie sie vermutlich beschissen haben. Vielleicht war die Alte auch schon senil, oder man hat ihr vorgemacht, Reissler sei ein Mädchenschänder, ein Mörder, ein Erbschleicher oder was weiß ich! Die Erbwürdigkeit ist für alte Damen immer ein Thema. Wer sich das zunutze macht, kann sich einiges unter den Nagel reißen, solange ein Erblasser noch lebt.« Abel schnaubte verächtlich und bestellte das zweite Glas Roten.

»Da muß doch einer mitgeholfen haben, ein Notar oder so?«

»Schon möglich«, räumte Abel ein und malte mit dem Finger Kreise auf den Tisch.

»Was ist jetzt mit der Firma?«

»Nichts! Reissler ist 1964 ausgeschieden. Aus dieser Zeit sind keine Bilanzen mehr da. Die brauchen nur zehn Jahre aufgehoben zu werden. Weiß der Henker, wie es damals um die Betriebe stand. Fest steht jedenfalls, daß der Laden kürzlich für zweiunddreißig Millionen verkauft worden ist, das bestätigte mir der Mensch beim Handelsregister. Im Zeitungsarchiv habe ich gelesen, daß die Käufer, eine schwedische Gruppe, ziemlich lange und zäh verhandelt haben müssen. Wer zweiunddreißig Millionen ausgibt, schaut schon sehr genau hin, was er dafür bekommt.«

»In der Tat eine kuriose Entwicklung in zwölf Jahren.«

»Ich wollte, ich hätte nur zehn Prozent davon«, brummte Abel.

»Es sieht also so aus, als wäre mein Kollege Reissler tatsächlich furchtbar betrogen worden?« Er schüttelte den Kopf und nahm die Brille ab. Er sah jetzt aus wie ein kurzsichtiger Frosch.

»Betrogen?« Abel lachte. »Beschissen, von oben bis unten, von links nach rechts. Die haben ihn aussteigen lassen wie Beckenbauer den Nationallinksaußen von Haiti.«

Paloff reinigte seine Brille mit dem Ende seiner Krawatte. »Was sagt die Polizei dazu?«

»Das Interesse ist nicht umwerfend. Ich verdiene mir erst mal meinen Tausender Vorschuß, dann sehen wir weiter.«

Als Abel endlich gegen halb zwölf das Lokal verließ, war Paloff schon längst gegangen. Er hatte vorher noch die Zeche bezahlt. Abel hatte schließlich etwas geleistet, das mußte auch Paloff – trotz aller Sticheleien – anerkennen.

Abel fühlte sich wohl, hatte den Fall im Kopf verdrängt. Er hatte inzwischen eine Frau kennengelernt, die er zum Lachen gebracht hatte und der er jetzt in die Augen sah. Sie hatte ihm erzählt, daß sie Anne heiße und daß sie ihren Mann nicht mehr liebe, jedenfalls nicht mehr so richtig. Abel hatte dafür Verständnis gezeigt, zumal sich diese Anne am Nachbartisch von Paloff und Abel mit eben diesem Mann herumgezankt hatte. Er hatte ausgesehen wie ein Anlageberater und auch genau so geredet. Seine lahmen Erklärungen hatten sie nicht besänftigt.

Da Paloff inzwischen gegangen war – ihm war diese Auseinandersetzung peinlich –, hatte Abel über das

Weinglas hinweg die beiden beobachtet und mitbekommen, daß Anne ihrem Mann heftig vorwarf, daß er wieder einen »Betthasen« habe. Der Betthasenjäger war den Attacken seiner Frau zum Opfer gefallen und hatte wütend das Lokal verlassen.

Abel war amüsiert und hatte nach dem Donnerwetter den Tröster gespielt. Abel ließ vor der Sperrstunde noch zwei Viertel bringen und lud Anne ein. Er hatte ja Geld wie Heu. Dies war auch notwendig, da die Frau des Anlageberaters keine Handtasche dabei hatte, wie sich bald herausstellte. Die Bedienung machte eine Viertelstunde später, als Abel sich gerade richtig in die Augen von Anne vertieft hatte, ruppig klar, daß Feierabend war. Er schlug vor, das Tröstungswerk bei sich zu Hause fortzusetzen und zu einem glücklichen Ende zu bringen.

Langsam trödelten die beiden eine der steil bergan führenden Straßen hinauf, in den Osten der Stadt. Dünner Nebel zog vom Neckar her. Mit abgehackt kurzen Schritten versuchte der lange Abel im gleichen Rhythmus mit seiner neuen Bekanntschaft zu gehen. Er hatte seine rechte Hand unter den weichen Fellkragen ihres Mantels vergraben und hörte ihr aufmerksam zu.

»Jedesmal, wenn er wiederkommt, ist irgend etwas nicht sauber, mal muffelt er nach fremdem Parfüm, mal riecht er nach Kneipe, wenn er behauptet, bei einem Kunden gewesen zu sein, der Nichtraucher ist, wie ich weiß«, rief sie gerade entrüstet – während Abel versuchte, sich vorzustellen, wie sie darauf reagierte. Ob sie große Szenen mit anschließender Versöhnung liebte? Abel hatte für solche Frauen eine ausgeprägte Schwäche.

»Ihr habt euch doch immerhin mal ewig Treue geschworen«, warf er hintersinnig ein, denn Anne schmiegte sich in seinen Arm.

»Ach Quatsch«, sie winkte mit einer Hand ab, »darum geht's doch gar nicht. Aber der muß doch nicht wirklich allem hinterhersteigen, was einen Rock anhat und nicht schnell genug auf die Bäume kommt. Seine letzte habe ich mir mal angesehen. Die Haare, so ...« Annes Hände formten eine altmodische Hochfrisur. Dann in abwertendem Ton: »Du machst dir wirklich keine Vorstellung.«

»Aber immer mit anderen Frauen, das ist doch auch kein leichtes Leben«, heuchelte Abel.

»Jedenfalls laß ich mir das nicht mehr bieten.« Sie blieb stehen, wodurch Abel für einen kurzen Augenblick den Körperkontakt verlor, weil er einen Schritt weiter war.

»Und du«, fragte er leise, »bist du treu?«

»Kommt darauf an.«

»Worauf?«

Sie schwieg und schob sich ganz dicht an seine Seite. Wortlos gingen die beiden bis zu seiner Wohnung.

Unter dem Dach war es feucht. Die Kälte der Herbstnacht hockte in den Mauern. Abel half Anne aus dem Mantel und zündete in dem Kanonenofen ein Holzfeuer an. Neben seinem Bett zog er die angebrochene Flasche Roten hervor und riß den Korken mit den Zähnen heraus. Sie stand noch am Ofen und rieb sich die Hände. Sie schwieg. Behutsam schenkte er zwei Wassergläser halbvoll.

»Besonders schön hast du's nicht hier«, sagte Anne.

»Es fehlt die Hand einer Frau.«

Eines der beiden Gläser überreichte ihr Abel, als sei es ein Sektkelch.

»Aber eigentlich ganz originell.«

»Cheers!« sagte er mit seinem Lächeln.

Dann streichelte er ihre Haare, seine Fingerspitzen glitten über ihre Brauen, berührten sanft ihre vor Kälte blassen Lippen, bevor er sie langsam an sich zog. Sie schlossen die Augen, als sie sich küßten. Und sie küßten sich ziemlich lange.

Als seine Hände ihre kleinen Brüste unter dem Pulli suchten, überlegte Abel, ob er selbst ein Betthase sei; ein männlicher in diesem Fall, versteht sich.

Mittwoch, 14. November

Nachmittags stand die Kripo schon wieder vor Abels Tür. Er hatte sich gerade in seinem Bett vergraben, um sich für ein paar Stunden abzumelden, zu schlafen, an nichts zu denken. Er war grenzenlos wütend über die Eindringlinge, beschloß aber, sich zu beherrschen. Dieses Mal hatte Riebele einen Hausdurchsuchungsbefehl und zwei Mann Verstärkung dabei. Watrin fehlte. Die ganze Aktion wurde von einem jungen Beamten – er hatte sich als Staatsanwalt Scheible vorgestellt – geleitet.

Abel war darauf nicht vorbereitet gewesen. Er hatte angenommen, daß sich der Verdacht nach seiner Aussage gestern im Präsidium auf Haussmann konzentrieren würde. Auf seine entsprechende Frage hatte Riebele geantwortet, daß Haussmann überhaupt nicht in Deutschland sei und zur mutmaßlichen Tatzeit sich ebenfalls nicht in Stuttgart aufgehalten habe – das wisse man zuverlässig vom Personal und den Nachbarn.

»Wo war er denn?« Abel hatte seine Fassung noch nicht wiedergewonnen.

»In seinem Haus am Zürichsee, in der Schweiz«, sagte Riebele, während er in Abels Schreibtischschublade zwischen abgebrochenen Bleistiften, Radiergummis, Spitzern und aufgerissenen Kaugummipackungen kramte.

Abel stand mitten in seinem Büro und hielt den auf knallrotem Papier ausgefertigten Durchsuchungsbefehl in der Hand. Keiner kümmerte sich um ihn. Jeder der Beamten wühlte irgendwo herum. Keiner ließ sich bei der Arbeit stören.

»Sucht ihr was Bestimmtes?«

»Ja«, sagte der Staatsanwalt und wischte sich die Augen. Scheible präsidierte schweigend, legte hie und da Hand mit an und beobachtete, wie Riebele mit spitzen Fingern einen Leinensack mit schmutziger Wäsche ausräumte.

Das alte Bettlaken, befleckt von Wein und Sperma, wurde abgezogen, die Matratzen abgefummelt und der Bettkasten untersucht.

»Man braucht eine seltsame Veranlagung für diesen Job«, sagte Abel ruhig, als er die Szene beobachtete.

»Ich habe Sie nicht um ihre Meinung gebeten«, näselte der Staatsanwalt und versuchte durch die Kontaktlinsen aus schnupfenfeuchten Augen zu blitzen.

Abel setzte sich resigniert in den Sessel und begann nochmals den Durchsuchungsbefehl zu lesen. Er wurde aber aufgescheucht, weil einer der Beamten unter ihm im Sitzpolster nachsehen wollte. Außer einer Staubwolke und einem kleinen Häufchen Sägemehl kam nichts zutage.

Als die Suche nach eineinhalb Stunden beendet war, hatten die Kriminalbeamten einige Stapel Papier auf dem Schreibtisch zusammengetragen, dazu einen schweren Pokal von einem Fallschirmweltspringen bei der Bundeswehr und ein kleines Küchenmesser, das Abel gewöhnlich zum Brotschneiden benutzte. Als Krönung der Fundsachen lag eine Strumpfhose mit einem großen Loch im Zwickel obenauf. Sie war nach fahrlässiger Beschädigung am Morgen von Anne zurückgelassen worden. Einer der Beamten hatte sie unter dem Bett gefunden.

»Was soll das?« fragte Abel.

»Nylon ist gut zum Waffenreinigen.« Riebele verstaute das Indiz mit spitzen Fingern in einem Plastikbeutel. Die Einwände von Abel wurden damit beschwichtigt, daß die kriminaltechnische Untersuchung sicherlich schon bald Licht in die Sache bringen würde. Die Beamten suchten weiter.

»Ich hab sie.« Einer der Polizisten stand neben dem Ofen und streckte eine Pistole vor. Er hatte sie vorsichtig hinten am geriffelten Teil des Verschlusses gepackt.

»Aha.« Scheible und die anderen kamen hinzu. Nur Riebele stand dicht bei Abel.

»Das ist meine«, sagte Abel ganz selbstverständlich.

»Aha.« Der Staatsanwalt nickte.

Abel verließ seine Wohnung, flankiert von Riebele, der immer noch hinkte, und dem Staatsanwalt. Auf der Straße blieben einige Leute stehen und sahen mit unverhohlener Neugier zu, wie man Abel auf den Rücksitz eines Peterwagens zwängte, links und rechts ein Polizist. Der Staatsanwalt folgte mit Riebele in einem neutralen Citroën. Diesmal mußte er nicht in die Zelle, sondern wurde sofort in das Zimmer von Watrin geführt. Riebele zeigte dem Alten, was sie bei Abel beschlagnahmt hatten, und ging dann, um seine Beute im Labor abzuliefern.

»Sieht diesmal nicht so gut aus, Abel«, begann Watrin, der schon auf Abel gewartet hatte. Abel schwieg.

»Gar nicht gut«, wiederholte der Alte und wackelte mit dem Kopf, daß die faltigen Backentaschen schlakkerten. Abel blieb reglos sitzen.

»An ihrer Theorie mit Haussmann ist nichts dran, der ist aus dem Schneider. Daher bleibt im Augenblick nur der Verdacht gegen unseren Freund Abel.«

Abel lächelte. Das konnte ihm der Alte nicht erzählen, daß Haussmann aus dem Schneider war.

»Sie wissen sicher, daß Sie die Aussage verweigern können. Sie haben das Recht, einen Anwalt zuzuziehen.« Der Staatsanwalt hatte die Belehrung gemurmelt und sich dabei einen Stuhl von der Wand herangezogen.

»Wo haben Sie denn die Pistole her, die man bei Ihnen gefunden hat?« Watrin hatte sich aufrecht hingesetzt.

»Gekauft, was sonst?«

»Wo?«

»Bei Waffen-Schenk; man braucht für dieses Spielzeug noch keinen Waffenschein, wenn Sie das meinen.« Das Ding sah zum Fürchten aus, aber es war ein kleines Kaliber.

»Wir gucken uns das Ding ohnehin an«, sagte der Staatsanwalt.

»Bitte«, Abel zuckte mit den Schultern, »wegen unerlaubten Waffenbesitzes wollten Sie mich ja sowieso nicht festnageln, was ist wirklich los?«

»*Wir* vernehmen hier«, knurrte Scheible.

»Interessant.« Watrin lehnte sich zurück. »Sie wußten nicht, das man Reissler erschossen hat?«

»Nein, woher auch?«

»Tja, die Gerichtsmediziner haben die Leichenteile noch geröntgt, der Befund kam erst gestern abend.«

»So?« Abel war überrascht.

»Und in der Schädelkalotte des Opfers hat man dabei ein Projektil entdeckt.« Watrin deutete auf seinen Hinterkopf. »Das Einschußloch war durch die Räder des Zuges zermahlen worden. Aus den Resten des Schußkanals schließen die Mediziner, daß Reissler aus verhältnismäßig spitzem Winkel, von unten gesehen, durch einen Genickschuß getötet wurde.«

»Dann muß der Täter doch aus einer gewissen Distanz unter dem Opfer stehend geschossen haben. Bestimmt kann man auf Grund dieser Tatsachen den Tatort ermitteln, für Sie doch alles kein Problem«, sagte Abel kühl.

»Nein.« Watrin lehnte sich zurück. »Die Pistole war aufgesetzt worden, eine ganz geschäftsmäßige Tötungsmethode, denken Sie an die Russen im Krieg, die haben es auch so gemacht.«

»Das hätte dem Opfer doch den Schädel auseinandergerissen, mindestens aber wäre die Kugel vorne wieder herausgekommen«, Abel machte eine abfällige Geste mit der Hand.

»Theorie und Praxis.« Watrin machte eine Kunstpause, weil er sah, daß Abel unruhig auf seinem Stuhl herumrutschte. »Es war ein kleines Kaliber.«

Abel zeigte Wirkung. Das war inzwischen kein Spielchen mehr. Die Staatsmacht agierte. Er war verunsichert, weil er mit einem schlüssigen Verdacht konfrontiert wurde und selbst nichts dagegen unternehmen konnte. Er erinnerte sich, wie er früher bei der Bundeswehr einmal stechende Schmerzen unter dem Brustbein hatte und der Arzt ein EKG anfertigte; auch damals hatte er ohne sachlichen Grund den Atem angehalten, als der Doktor die Kurven studierte. Nicht durchticken! Er hatte diese Pistole seit Monaten nicht mehr in der Hand gehabt. Da konnten sie nichts finden.

»Wir werden ihre Waffe ballistisch genau untersuchen«, sagte Watrin. Abel meinte einen drohenden Ton in seiner Stimme zu hören. Plötzlich fürchtete er sich vor dem Ergebnis wie vor dem EKG. Trotzdem spielte er vorsichtshalber den Gelassenen: »Einverstanden, aber da wird eh nichts rauskommen.«

»Wir können warten, wir haben Zeit.« Watrin legte den Kopf auf die Seite und sah Abel in die Augen.

»Herr Abel, was haben Sie sich davon versprochen?« Scheible versuchte zu beschwören. Bei dem Wort »versprochen« sprühte Speichel herüber.

»Abwarten und Tee trinken«, sagte Abel mit einem hohlen Gefühl in der Magengrube.

»Moment«, sagte Watrin und hob die Hand, »auch wenn die ballistische Untersuchung nichts bringt, sind Sie noch lange nicht aus dem Schneider.«

»Und, bitteschön, warum nicht?«

»Sie können die wirkliche Tatwaffe genauso versteckt oder fortgeworfen haben wie die Schuhe des Opfers.«

»Dann suchen Sie sie«, sagte Abel ruhig.

»Sie sind der einzige, der ein Motiv hat.«

»Das wäre?«

»Geld.«

»Reden Sie von Haussmanns?«

»Nein, davon daß seine Brieftasche fehlt. Und Sie wußten, daß er viel Geld bei sich hatte, das hat der Herr von Paloff ausgesagt.«

»Trotzdem: reiche Kunden ..., Sie wissen schon.«

Riebele kam wieder. Er knallte die Tür hinter sich zu.

»Morgen sind wir schlauer«, sagte er und schielte zu Abel hinüber, »die beeilen sich im Labor.«

Watrin nahm keine Notiz von ihm. Er schloß die Augen und lehnte sich mit gefalteten Händen zurück. »Und wie steht es mit den Finanzen, Abel?«

»Wie soll's denn stehen? Schlecht.«

»Auf Ihrem Konto sind zwölfhundert Mark Soll.«

»Richtig.«

»Und die Bank hat den Dauerauftrag für Elektrizität und Gas nicht mehr ausgeführt.«

»Ja«, Abel lächelte, »es sah schlecht aus.«

»Es sieht schlecht aus.« Watrin hielt die Augen geschlossen. Nebenan schrillte ein Telefon.

»Hier«, Abel warf ein Bündel Geldscheine auf den Tisch, »und hier die Quittung.«

»Woher kommt das Geld?« fragte der Staatsanwalt.

»Von Reissler.« Riebele streckte den Kopf vor, Watrin und Scheible sahen sich an.

»Vom Opfer«, korrigierte der Staatsanwalt.

»Ja, der Rest vom Vorschuß, immerhin achthundert Mark«, strahlte Abel, »das reicht für den Strom und das Gas.«

»Wo ist der Rest des Geldes?«

Abel zuckte mit den Schultern.

»Vielleicht liegt es dort, wo Sie die Pistole und die Schuhe des Opfers versteckt haben«, sagte Scheible.

»Wir schätzen, daß Reissler so um die viertausend Mark bei sich hatte.« Watrin bewegte sich nicht. »Genug für einen Mord. Ich kenne Fälle, in denen Menschen wegen weniger umgekommen sind – wegen erheblich weniger.«

»Quatsch«, knurrte Abel wütend.

»Tausend haben Sie als Anzahlung bekommen«, fuhr der Kommissar fort, »plus viertausend, das sind fünf. Nicht schlecht.«

»Nein, nicht schlecht. Aber ich bringe niemanden um.«

»Wieviel nehmen Sie pro Tag?«

»Zweihundertfünfzig und die Spesen.«

»Wie lange arbeitet man an einem solchen Fall?« überlegt Watrin: »Eine Woche?«

»Mehr.«

»Also gut, zehn Tage!«

»Vielleicht.«

»Das macht zwei-fünf.« Watrin sah zu Abel hinüber. »Das ist nur die Hälfte von dem, was der Mord eingebracht hat. Denn die Milchkuh gibt nicht unbegrenzt Milch.«

»Ihr müßt das Geld erst einmal finden; möglichst mit

meinen Fingerabdrücken.« Abel hieb mit der Faust auf den Tisch. »Dann könnt ihr kombinieren und spekulieren, vorher ist das nichts als eine wackelige Vermutung.«

»Mag sein. Was haben Sie am Montag abend eigentlich zu Hause gemacht?«

»Am Montag?«

»Ferngesehen?«

»Nein, mir Gedanken über den Fall gemacht, ich kann also noch nicht einmal das Programm aufsagen.«

»Soso.« Watrin nickte bedächtig. »Das Protokoll wird nachher geschrieben, Sie können es dann draußen in Stammheim lesen.«

»Stammheim?«

»Meinen Sie bei diesen Indizien lassen wir Sie laufen?« sagte der Staatsanwalt jovial.

Abel atmete schwer. »Sie sind komplett durchgedreht.« Keiner beachtete ihn.

»Mit dem nächsten Schub in die JVA«, sagte Watrin zu einem Uniformierten, den Riebele herbeigerufen hatte. Der Mann kam und packte Abel am Ärmel. Im Hinausgehen hörte er, wie der Kommissar zufrieden zu Scheible sagte: »Das reicht wohl für einen Haftbefehl?« Ja – man habe gut gearbeitet, er werde sogleich den Antrag diktieren und nachher den Haftrichter anrufen, sagte der Staatsanwalt.

Abel wußte, daß er sich vor dem Alten zu hüten hatte.

Donnerstag, 15. November

Abel stand gegen Mittag im Herbstnebel an der Endstation der Straßenbahn in Stammheim. Der hohe Neubau des Gefängnisses mit den riesigen Mauern und der tristen Fassade war nur schemenhaft zu erahnen.

Der Ermittlungsrichter hatte Abel – wenn auch mit Bedenken – wieder »auf freien Fuß gesetzt«, wie es im Amtsdeutsch so schön heißt. Wieder draußen! Wie die kalte, feuchte Luft vorzüglich schmeckte! Abel sprang in der nassen Kälte von einem dieser freien Füße auf den anderen und zählte die Geldscheine, die man ihm gestern weggenommen hatte und heute wieder aushändigen mußte. Er tat es zum wiederholten Mal und war wütend, daß der Betrag stimmte und er nicht auf diese Weise den Bullen etwas anhängen konnte.

Abel war zugute gekommen, daß die kriminaltechnische Untersuchung der konfiszierten Gegenstände, einschließlich der Pistole, nichts Nachteiliges erbracht hatte. Zwar hatte man festgestellt, daß mit der Waffe vor einiger Zeit geschossen worden war, aber das Kaliber der Pistole paßte weder mit dem Schußkanal im Kopf des toten Reissler noch mit dem Projektil zusammen. Die ballistische Untersuchung verlief negativ.

Der Richter hatte Abel daraufhin laufen lassen. Das fehlende Alibi und die Schulden des Detektivs reichten nicht für die Anordnung eines Haftbefehls.

»Wir fassen nach«, hatte Riebele gedroht, als er Abel das Geld und die beschlagnahmten Gegenstände zurückgab.

Watrin sah zu. »Vorsicht Abel. Wir kriegen auch die Rotbäckigen klein.«

Abel fuhr aus der Haut. »Ich möchte wissen, was Sie so sicher macht?«

»Nur so ein Gefühl«, sagte Watrin, »dreißig Jahre Praxis, das schärft den Blick.«

Abel rannte fast, um aus dem Gefängnis herauszukommen.

Die Nacht war Abel schlecht bekommen. Gereizt durch die Enge der Zelle und den Gestank aus dem Abtritt, waren ihm die Geräusche in dem Gebäude besonders stark auf die Nerven gegangen. Gedämpft von den robusten Türen hörte er, wie sich die Gefangenen schreiend unterhielten, das Johlen und die Pfiffe, hörte das Klappern mit den Eßnäpfen. Plötzlich schrie Abel selbst, bis sich die Stimme überschlug, keifte seine Wut gegen die geschlossene Tür und drosch sich die Handballen wund. Er hörte nicht, daß draußen »Maul halten« geschrien wurde, und er bemerkte nicht, wie einer der Wärter durch die Klappe nachsah, ob alles in Ordnung sei. Da er feststellte, daß Abel nur tobte, war alles in Ordnung. Eben dieser Ordnung halber rief der Wärter noch einmal »Maul halten«, dann ging er weiter.

Abel verstummte schließlich, er war heiser, und seine Knie zitterten vor Wut und Erschöpfung. Der Mann, der mit Abel die Zelle teilte, holte ihn behutsam auf die Pritsche zurück.

Als Abel nach einem kurzen Blick auf seine Uhr feststellte, daß er noch eine Viertelstunde Zeit bis zur Abfahrt der Straßenbahn hatte, machte er sich auf die Suche nach einer Kneipe in der näheren Umgebung. Doch sie waren alle noch zu, beinahe hätte er die Bahn verpaßt.

Im Bohnenviertel fand er schließlich, was er suchte. In einer der Stehimbißbuden goß er hastig eine Cola hinunter. Durch die verschmierte Scheibe des Lokals sah er hinaus auf die tief über der Stadt hängenden Wolken, zu denen noch einzelne Nebelfetzen aufstiegen, um gierig von der grauen Masse aufgesogen zu werden.

Das Bohnenviertel liegt am Rand der City. Alte Häuser, die das Flächenbombardement im Krieg überstanden haben, und Baracken, in denen Teppichhändler ihre Geschäfte machten, Stripteasebuden unterbracht waren und einige Kneipen ihren 24-Stunden-Service anboten. Mitten in diese Budenstadt hatte jemand ein schäbiges Parkhaus hingekotzt. Davor lag eine breite Stadtautobahn. Die Pneus der vorbeiziehenden Wagen pfiffen leise.

Neben Abel stand einer der Penner, die sich im Sommer in einer dürftigen Grünanlage neben dem Parkhaus die Stunden mit zahnlosen alten Mädchen und Zweiliterrotwein vertrieben.

Der Mann hatte einen Gipsarm und eine breite Platzwunde über dem Schädel. Abel dachte, wenn's mal mit mir so weit kommt, mach ich Schluß, geh ich raus aus der Scheiße, gratis und franco runter von einem Hochhaus, mit dem Kopf zuerst.

Eine Flasche Fusel wanderte über den Tresen. Der Penner packte sie in eine alte Bildzeitung und lugte von der Seite aufmerksam zu Abel hinüber und faselte leise und unverständlich mit triefenden Lippen vor sich hin. Ein Grinsen verzerrte seine Gesichtszüge.

Abel bestellte einen Schnaps und dann, nach kurzem Zögern, noch einen für seinen Nachbarn, der sich überschwenglich brabbelnd bedankte. Der Detektiv klopfte dem Alten auf die Schultern und sagte: »Wenn's mit mir auch mal so weit kommt wie mit dir, Kumpel, kannst du mal einen springen lassen.«

Die Richtigkeit seiner These wurde ihm ausführlich versichert. Die Männer gossen den Korn mit einer Bewegung aus dem Handgelenk hinunter. Befriedigt hustete der Penner in seine schwielige Hand. Der Wirt, ein Grieche in weißer Schürze, begann leise zu fluchen, weil er sich am Hähnchengrill verbrannt hatte. Mit beiden Händen griff der Penner vorsichtig nach seiner Fuselflasche auf dem Tresen, wie ein Priester mit der Hostie. Abel fühlte die fahrige Hand des anderen an seinem Ärmel, er drehte sich um und sah den alten Mann nun hinter sich stehen. »Ich geb einen aus.« Einem plötzlichen Impuls folgend, zahlte Abel und folgte dem Mann mit dem gebrochenen Arm hinaus in den schwarzen Mittag.

Sie saßen in einem Keller auf feuchten Seegrasmatratzen und lachten hysterisch. Abel stand mitten unter ihnen, den Kragen seines Anzugs gegen die Kälte hochgeschlagen. Er trug mit großer Geste seine Knasterlebnisse vor, die er phantasievoll ausschmückte. Die Details über seinen so freundlich wirkenden Zellengenossen, der schon im vierten Monat wegen Verbreitung von Pornographie und mangels festem Wohnsitz in U-Haft saß, animierten die alten Mädchen, von denen eines die Zähne herausgenommen hatte, zu heiserem Gekreisch. Der Schnaps trug sie alle auf und davon.

Die drei oder vier Schluck Korn auf nüchternen Magen hatte auch Abels Kopf aufgeblasen. Er war frei. Die Nacht in der Zelle hatte ihre Wirkung verloren und sich verflüchtigt wie Nebel in der Sonne. Er hatte Menschen um sich, er konnte sich freierzählen.

»Warum«, nuschelte sein neuer Freund, der Musik-Paule hieß, weil er Mundharmonika spielen konnte, »warum, haben die Bullen dich gekrallt?«

»Weil ich einen Mann abgeknallt haben soll, so ein Schwachsinn.« Abel nahm einen tiefen Schluck aus der Flasche, während er mit dem Zeigefinger der linken Hand an die Stirn tippte.

»Is er kaputt?«

»Ja, leider.«

Jede Gruppe von Menschen hat ihren eigenen Ehrenkodex, der sie zusammenhält. Mord und Totschlag war bei den Pennern nicht drin. Körperverletzung, Diebstahl, Hausfriedensbruch, ja, das war jederzeit möglich, aber einen stechen, abknallen oder sonstwie umbringen, das war verboten.

Skepsis kam auf. Die Stimmung sank. Abel sah sich plötzlich in der Lage, erklären zu müssen, daß er es nicht gewesen war, obwohl keiner eine offene Rechtfertigung von ihm verlangte.

»Und wer hat'n abgeknallt?«

»Ich bestimmt nicht; war so 'ne Art Freund.«

»Wer sonscht?« Paule schielte nach der Flasche.

Abel kam nicht drum herum, seine Geschichte zu erzählen. Die Penner und ihre Weiber rückten näher zusammen. Jeder von ihnen konnte auf eine lange Latte Vorstrafen zurückblicken, aber unter Mordverdacht hatte keiner gestanden. Nur eine der Damen kannte einen mordverdächtigen Zuhälter aus Heilbronn, der eines seiner Mädchen erdrosselt haben soll. Nachweisen konnte man dem Kerl aber nichts.

Längst war das Gespräch zerfahren, vom Alkohol zerfleddert. Abel wollte sich gerade auf den Weg machen, als Musik-Paule die Gipshand hob.

»Wart mal«, brabbelte er, »ich kenne diesen Mann.«

»Wen kennst du?«

»Halt den Bonzen, den Haussmann. Der wohnt jetzt oben in Degerloch in so 'ner Villa mit'm Mercedes und den Hunden.«

»Haussmann?«

»Ja, von dem schwätsch doch die ganz Zeit.«

»Was weißt du denn von dem?« Abel war zurückgekommen und ließ sich noch einmal auf einer der fauligen Matratzen in dem unterirdischen Quartier nieder.

»Der wohnt halt hinter dem Friedhof, und wenn wir an den Zaun kommen, hetzt er seine Köter, dann hauen wir ab.« Der Mann neben Paule nickte bestätigend.

»Seid ihr schon oft auf dem Friedhof gewesen?«

»Klar«, sagte der Mann neben Paule und schaute fragend zu seinem Nachbarn.

»War der immer schon so reich, ich meine, ging's dem auch mal 'ne Zeitlang weniger gut?«

»Quatsch, dem geht's immer besser.«

»Immer besser.« Paule nickte.

»Woher wißt ihr das?«

»Na der hat doch vor ein paar Jahren gerade die Villa umgebaut, so'n richtiger Prunkkasten ist das jetzt, mit 'nem Schwimmbad und so'm Kokolores.« Paule schüttelte den Kopf.

»Wißt ihr noch, wann das war?«

»Vielleicht so drei oder vielleicht so acht Jahre.«

»Nein, länger!« Der Nachbar widersprach. Es begann eine Diskussion über den Zeitpunkt des Umbaus. Jeder zog Vergleiche mit anderen Ereignissen aus ihrem Umkreis. Zu einem Ergebnis kam man nicht. Abel wartete geduldig, dann fragte er: »Warum seid ihr eigentlich so oft auf dem Friedhof ?«

»Blumen holen«, sagte Paule und wunderte sich über die Frage. Es schien, als dekorierte er jeden Tag seinen Kellerunterschlupf mit bunten Sträußen.

»Und was macht ihr mit den Blumen?«

»Halt verkaufen, für Sprit«, sagte Paule. Dabei schaute er Abel unschuldig an.

»Wart ihr vielleicht beim Umbau in der Villa?«

»Klar, da haben wir paarmal gut einen gesoffen«, schwärmte Paules Nachbar.

»Nachts?«

»Klar, tagsüber waren doch die Maurer drin und so.«

»Und der Haussmann hat nicht dort gewohnt?«

»Nee, der war doch im Urlaub für'n Vierteljahr. Nur der Architekt, die Sau, hat uns die Büttel auf den Pelz gesetzt.«

Es schien nach den Schilderungen, als sei das ganze Haus um- und ausgebaut worden, Wände herausgebrochen und versetzt, ein Schwimmbad installiert und das Gebäude zusätzlich mit einem Schlaftrakt versehen worden. Abel verließ die aufgeregt schwatzende Runde, nachdem er Paule noch zehn Mark gegeben hatte.

Zuletzt hatten sich die Leute noch um die Baukosten gestritten. Auch hier lagen die Schätzungen weit auseinander, sie reichten von hunderttausend Mark bis hundert Millionen.

Für diese Menschen waren fünfhundert Mark schon ein unermeßlicher Reichtum, kein Wunder, daß sie kein Verhältnis zu den Kosten eines Villenumbaus fanden.

Abel kehrte auf Umwegen nach Hause zurück. Seit seiner Festnahme war er mißtrauisch. Er fand seine Wohnung unbewacht. Sein alter dicker Citroën stand genauso an der Ecke, wie er ihn zuletzt abgestellt hatte. Erleichtert klopfte er mit dem Knöchel dreimal auf sein »Praxisschild«, bevor er den Schlüssel ins Schloß steckte.

Es roch feucht in den beiden Zimmern. Abel nahm den kleinen Stapel Fotokopien aus einem Regalfach. Riebele hatte darin nur achtlos gewühlt und dann die Papiere ungeordnet zurückgelegt. Abel zog sich mit seinen Unterlagen ins Bett zurück.

Bei einem türkischen Kaffee und einem Butterhörnchen sortierte er ohne Hast die Papiere, machte Aufzeichnungen und heftete kleine Pakete mit Stahlklammern zusammen. Schließlich lehnte er sich zurück und studierte nochmals seine Notizen.

Dr. Wolf, Dr. Wolf? Leise wiederholte er den Namen, den er am Rand eines Zettels fand. So kommt es, wenn man sich alles chaotisch durcheinander notiert, dann kriegt man die Zusammenhänge nicht mehr auf die Reihe. Ziellos blätterte er weiter, der Name, so war er für ihn beziehungslos. Er suchte noch einmal das Blatt, an dessen Rand Dr. Wolf gekritzelt war.

Richtig! Die umfangreichen Verträge hatte ein Bezirksnotar beurkundet. Aber hatte er sie auch entworfen? Der Registerbeamte sagte, daß der Notar Schäuffelen zu faul dafür sei, so umfangreiche Urkunden zu erstellen. Außerdem konsultieren die besseren Mandanten doch lieber den Anwalt ihrer Wahl. Und dabei war der Name Wolf gefallen.

»Wolf?«

»Kann sein, kann nicht. Hier ist nur eine Aktennotiz, daß sich die Kanzlei Wolf die Akten zur Einsicht geholt hat. Vollmacht liegt vor.«

»Wann?«

»Vor zwei Jahren.« Da gab es keinen Zusammenhang mit Reissler. Aber immerhin. Später hatte dieser Wolf mit dem Komplex von Liegenschaften zu tun gehabt.

Abel sprang aus dem Bett und warf dabei eine Flasche abgestandene Cola um. Mit zwei Schritten war er beim Telefon und zerrte unter dem Apparat das Branchenfernsprechbuch hervor.

Rechtsanwälte, Stuttgart, Abel suchte die Spalten unter dem Namen »Dr. Wolf« ab.

»Dr. Peter Wolf und Partner.«

Abel wählte die Rufnummer, eine freundliche Damenstimme sagte: »Rechtsanwaltskanzlei, guten Tag.«

»Abel«, er erschrak, als er merkte, daß er sich mit dem eigenen Namen gemeldet hatte.

»Ja?« fragte die Damen am anderen Ende.

»Bitte kann ich Herrn Wolf sprechen?«

»Tut mir leid, Dr. Wolf ist bei Gericht.«

Abel glaubte der Sekretärin kein Wort.

»Kann ich etwas ausrichten?«

Abel entschloß sich zum Angriff.

»Ich hätte gerne einen Besprechungstermin.«

»In welcher Sache?«

»In der Erbsache Haussmann.«

»Hm.«

»Geht es heute noch?« Als er merkte, daß das Mädchen zögerte, fuhr er fort: »Es ist sehr eilig.«

»Dann aber erst um 18 Uhr 30.«

»Gut, ist mir recht.«

»Wen darf ich melden?«

»Abel«, er buchstabierte: »A-b-e-l.«

»Danke, und noch eine Frage«, man hörte, daß sie den Hörer unter das Kinn geklemmt hatte, die Stimme klang jetzt dumpf. »In welcher Beziehung stehen Sie zu der Sache Haussmann?«

Abel grinste: »Ich vertrete einen Verwandten der Familie.«

»Sie sind Rechtsanwalt?« Jetzt war die Stimme des Mädchens wieder direkt am Hörer.

»So etwas Ähnliches«, dann sagte er schnell, »also dann bis heute abend, auf Wiederhören!«

Am Nachmittag, nachdem er sich ausgeschlafen hatte, ging Abel zu seinem Freund Paloff. Er wartete geduldig vor dem schmiedeeisernen Tor in der Gartenmauer, bis das Hausmädchen sich am Sprechapparat meldete.

»Der Abel ist's«, rief er der unsichtbaren Dame zu.

Es knackte kurz. Anders als sonst mußte er längere Zeit warten, bis der elektrische Verschluß des Tores summend den Weg frei gab.

Im Vestibül des großen alten Hauses stand Paloffs Mutter. Sie war, wie immer nachmittags, in Brokat und Seide gehüllt. Ein wenig overdressed, aber Abel kannte das schon. Frau von Paloff war schließlich eine geborene Gräfin Lehrenberg, ein Umstand, den sie jedem Fremden innerhalb weniger Minuten mitzuteilen pflegte. Die Lehrenbergs hatten in Pommern schon 1248 Heiden getauft. Sie stand erhobenen Hauptes, eine Hand auf der Barockkommode, im Hintergrund der Halle. Abel spürte, daß sie ungnädig war. Es sah aus, als habe sie diese Pose vorher geübt, denn sie rührte sich nicht, während Abel auf sie zuschritt. Trotz ihrer hochtoupierten Haare war sie gut zwei Köpfe kleiner als der Privatdetektiv, der sich weit herunterbeugen mußte, um ihr – wie immer – die Hand zu küssen.

»Guten Tag, gnädige Frau.«

»Die Kriminalpolizei war da!« sagte Paloffs Mutter mit unüberhörbarer Entrüstung in der Stimme.

Abel zuckte mit den Schultern. »Die Beamten tun auch nur ihre Pflicht.«

»Die Kriminalpolizei war bei uns und hat den Jungen verhört!«

»Es besteht ein Verdacht gegen mich, der ausgeräumt werden muß«, sagte Abel mit seinem Lächeln.

»Mein Vater hätte das nie durchgehen lassen!« Frau von Paloff stand immer noch am selben Fleck. »Eine Polizei im Hause einer Lehrenberg!« Sie schüttelte die aufgetürmten Locken.

Lächelnd blickte Abel auf die kleine Frau hinunter. »Ihr Vater wäre doch sicher auch der letzte gewesen, der Unrecht geduldet hätte. Er hätte zur Aufklärung eines gemeinen Irrtums gegen einen Freund alles getan, auch die Polizei in sein Haus gelassen.«

Abels Stimme war pathetisch geworden. Er kannte genau die Schliche, mit denen der alten Dame beizukommen war. Sie hatte ihm schon früher nicht böse sein können, wenn ihr Sohn und sein sonderbarer Freund etwas angestellt hatten und Abel mit advokatischer

Schläue aus einem Lausbubenstreich eine aristokratische Heldentat gemacht hatte.

»Ich vergebe Ihnen, denn Sie sehen den Fall vollkommen richtig«, sagte Frau Paloff. Ihre Stimme vibrierte vor Gerechtigkeitsgefühl. Sie hatte ja auch nie vorgehabt, dem Freund ihres Sohnes längeren Widerstand zu leisen. Es reizte sie nur immer wieder neu, den Versuch zu machen.

Abel folgte der alten Dame durch den Korridor in den Wintergarten, wo Paloff saß. Es lag eine gewisse Spannung in der Luft. Wie so oft hatte es lange Diskussionen zwischen Mutter und Sohn gegeben. Und Ernie konnte sich nicht so geschickt wehren wie Abel. In diesen Gesprächen gewann die Mutter immer die Oberhand und bezog daraus die Kraft für die Unterwerfung gegenüber Abel. Der wußte das und erschien absichtlich – wie auch diesmal – erst geraume Zeit nach dem Vorfall, der Anstoß erregt hatte. Stets fand er dann seinen Freund nach dem Geplänkel der alten Dame in ohnmächtiger Wut im Wintergarten sitzend vor.

Man »nahm« den Tee. Paloff brummte: »Trotzdem, diese Geschichte wäre bestimmt nicht nötig gewesen, Jean.«

»Ich bitte dich«, rief seine Mutter. »Wenn dein Freund unter einem nicht gerechtfertigten Verdacht steht, dann müssen wir ihm helfen.«

Genau das hatte Paloff die ganze Zeit seiner Mutter klarzumachen versucht. Er ließ resigniert die Schultern sinken.

Abel erzählte seine Erlebnisse seit dem Abend in dem Weinlokal – mit einigen begreiflichen Auslassungen. Mutter hörte mit enthusiastischem Interesse, der Sohn mit distanziertem Skeptizismus zu.

»Jetzt sind Sie rehabilitiert, Jean!« Man sah, daß sie sich freute.

»Nicht ganz.« Abel goß sich den Tee nach. »Ich muß selbst dranbleiben und herausbekommen, was passiert ist.«

»Das macht doch die Polizei!«

Abel schüttelte den Kopf. »Dr. Wolf«, sagte er und langte nach dem vierten Biskuitgebäck, »ein Rechtsanwalt. Ist Ihnen der Name bekannt, gnädige Frau?«

Frau Paloff war gewöhnlich in den guten Kreisen der schwäbischen Metropole gut orientiert und wußte von ihren Freundinnen, die sie allesamt verabscheute und zugleich entzückend fand, so allerlei über »die Gesellschaft«. Nur bei Haussmann war die Quelle der Informationen dürftig gewesen, da die Familie wohl eher auf dem internationalen Parkett verkehrte und die schwäbischen Zirkel schnitt.

»Wolf? Ein Parvenu!« Frau von Paloff benutzte das Wort mit spitzem Mund.

»Mutter!«

»Doch, mein Sohn, ein Parvenu«, wiederholte die alte Dame streitsüchtig.

Abel bohrte weiter: »So etwas habe ich auch gehört.«

»Siehst du!« Der blonde Haarturm wankte bedrohlich, so heftig nickte Frau Paloff. »Aus ganz einfachen Verhältnissen. Die Mutter war Zugehfrau, und der Vater hat in der Fabrik gearbeitet.« Wie üblich bei ihren sozialen Klassifizierungen fiel ihr erst hinterher auf, daß auch Abel aus »ganz einfachen Verhältnissen« stammte. Da sie ihn aber sehr gern mochte, fand sie stets einen Kompromiß: »Natürlich ganz anders als bei Ihnen Jean, ich meine, so entsetzlich primitive Verhältnisse – wirklich ganz ohne jede Kultur und Bildung.«

»Aha!« Abel war nicht beeindruckt und weit davon entfernt, beleidigt zu sein.

»Sie müßten ihn fast kennen«, fuhr die alte Dame fort,

»er hat auch in Tübingen Jura studiert und ist nur wenig älter als Sie. Dann hat er sich als Anwalt selbständig gemacht, nachdem er in einer Kanzlei gearbeitet hatte. Dort hat er wohl versucht, Mandanten abspenstig zu machen, und ist dann gekündigt worden. Danach hat man nichts mehr von ihm gehört, bis er vor ein paar Jahren zu Geld gekommen ist. Seitdem treibt er sich in der guten Gesellschaft herum und benimmt sich wie ein nouveau riche.«

»Weiß man, wie Wolf zu Geld gekommen ist?«

»Man hört so allerlei.« Die alte Dame lächelte sibyllinisch. »Und überhaupt, was hat ein solcher Mensch im Vorstand von unserem Reit- und Fahrverein zu tun?«

Abel rechnete nach, während Paloffs Mutter einige Geschichten aus dem Klub preisgab. Wolf konnte doch kaum ein Studienkollege von ihnen beiden gewesen sein, wenn er schon 1964 die verhängnisvollen Verträge als Anwalt entworfen hatte. Er fragte: »Wie alt ist der Mann?«

»Mitte Vierzig vielleicht.«

»Dann war es wohl doch kein Konsemester von uns.« Abel zeigte auf Paloff, der schweigend an der Teetasse nippte. Die Präzision der Feststellungen von Frau Paloff war nicht überwältigend.

»Tja, wie die Zeit vergeht«, stellte die alte Dame kokett fest und überging damit den kleinen Rechenfehler.

Trotz mehrerer Nachfragen war für Abel nichts weiter Interessantes zu erfahren. Wolf war anschließend nicht sehr beliebt, aber brauchbar. Er hatte im Reitklub den undankbaren Vorstandsposten eines Schriftführers inne. Der Detektiv erhob sich.

»Tschüs!« sagte er und drückte Paloff die Hand, wie andere Leute eine Zitrone auspressen.

»Tschüs!« antwortete sein Freund säuerlich.

Frau von Paloff bekam einen artigen Handkuß.

»Wer so gute Manieren hat wie Sie, Jean«, sagte die

alte Dame gerührt, der sollte auch auf sein Äußeres mehr Wert legen.«

»Ich werde mich bessern«, versprach er spöttisch lächelnd und unterließ es, am Knoten seiner Krawatte zu rücken, dann verschwand er.

In der Nähe der Anwaltskanzlei fand Abel einen Parkplatz, den ein verspäteter Büroangestellter gerade räumte. Den ganzen Tag schon hatte der Regen in den Wolken gehangen, jetzt nieselten die ersten Schleier gegen die Windschutzscheibe. Die Scheibenwischer schmierten hin und her, als Abel vorsichtig zurückstieß. Bevor er das Auto verließ, zog er sich noch die Krempe seines Hutes in die Stirn. Er griff in den Handschuhkasten und steckte seine Kleinkaliberpistole, die er von der Polizei zurückerhalten hatte, in die Tasche.

In der Halle des Bürohauses war schon die Nachtbeleuchtung eingeschaltet. Beide Aufzüge gähnten beschäftigungslos mit offenen Portalen. Abel betrat den rechten, ohne den Hut abzunehmen. Wahllos drückte er auf einen der Knöpfe. Er wartete, bis sich die Türen mit leisem Zischen schlossen, ehe er sich der langen Tafel mit den einzelnen Adressen zuwandte. »Dr. Wolf & Partner, Rechtsanwälte«, las er neben dem Kopf des achten Stockwerks. Er drückte den Knopf für die neunte Etage.

Nach einer Zwischenstation im vierten Geschoß stieg er im neunten aus. Am Ende eines langen Korridors fand Abel eine Stahltür mit der Aufschrift »Notausgang«. Er gelangte hinaus auf einen seitlich fast freistehend am Haus hochgezogenen Treppenturm aus Beton, der fast nie benutzt wurde. Ohne die Beleuchtung einzuschalten, ging er langsam im schwachen Licht der fernen Neonreklamen über zwei Treppenabsätze hinunter.

In der achten Etage brannte an der Seite noch Licht in einem der Fenster. Abel lehnte sich über die Brüstung der Treppe, sah aber hinter den Vorhängen nur undeutlich die Umrisse einer Person, die auf und ab ging. Ob die Haussmanns schon informiert waren, daß sich Abel mit dem Anwalt in Verbindung gesetzt hatte? Und wie reagierten die Killer darauf? Oder hatte die Kripo den Namen der vorübergehend festgenommenen Verdachtsperson noch nicht erwähnt? Unwahrscheinlich.

Die Verdachtsperson beobachtete fröstelnd die Gestalt über fünf Minuten, bis der Leuchtanzeiger seiner Armbanduhr eine Minute vor halb sieben erreicht hatte. Nichts war geschehen. Die Person in dem Büro war nur rastlos auf und ab gegangen.

Vorsichtig drückte der Privatdetektiv den Griff der Tür zum Korridor hinunter und spähte durch den Spalt in das spärliche Licht im Innern des Hauses. Auf der rechten Seite sah er vor der nächstliegenden Tür ein Messingschild: »Dr. Wolf & Partner.«

Als Abel den Flur betrat, achtete er sorgfältig darauf, daß die Tür hinter seinem Rücken nicht ins Schloß fiel. Dann ging er die wenigen Schritte bis zur Kanzleitür rasch und entschlossen.

Bevor er den Klingelknopf drückte, der in dem Messingschild eingelassen war, bemerkte er verblüfft, daß die Tür angelehnt war. Abel fuhr herum und stellte sich flach mit dem Rücken an das Türblatt. Aus der Tasche seines Anzugs zog er ein paar Lederhandschuhe, die er flink überstreifte. Langsam drückte er den Spalt weiter auf, dann schaute er den Vorraum, der kahl und leer dalag.

Abel griff nach innen und suchte an der Wand den Lichtschalter. Als er den Knopf gedrückt hatte, züngelte das Neonlicht durch den Raum und beruhigte sich erst nach einigen Sekunden.

Abel wartete einen Augenblick. Als alles still blieb, trat er ein. Blumen in weißlackierten Kästen, Sessel und ein Glastisch mit Zeitschriften möblierten den Raum. Gegenüber, in einer Nische, stand ein Schreibtisch. Neben der Nische ging ein Flur nach hinten.

Gerade als Abel an dem verlassenen Arbeitsplatz vorbeischlich, schrillte neben ihm das Telefon. Er fuhr zurück und befand sich beim zweiten Klingelzeichen gegenüber der Nische, den rechtem Arm ausgestreckt, in der Hand die Waffe, die Linke um seine Faust gekrallt. Doch dann bemerkte er den Anrufbeantworter unter dem Telefonapparat, der das nächste Klingeln schluckte und in diesem Moment mit seiner Arbeit begann.

Abel knipste das Licht aus und nahm im Dunkeln auf einem der Sessel im Vorzimmer Platz. Vorher hatte er noch den Telefonverteilerkasten gesucht und hinter dem verlassenen Schreibtisch der Empfangsdame gefunden. Er wußte, daß die Relais in diesen Kästen recht laut ratterten, wenn vom Büro aus eine Nummer gewählt werden würde – doch es blieb still. Mit ein bißchen Konzentration konnte man zumindest zwei oder drei Ziffern der gewählten Nummer auffangen.

Abel hatte fast eine Stunde im Dunkeln gesessen, bis das Licht abermals aufflammte. Er hörte Schritte und sah einen Mann vorbeigehen. Stoppelhaare, mittelgroß, kräftig, alles grau in grau, bis auf einen poppigen Schlips. Seine Bewegungen wirkten wie die eines Ringertrainers. Als der andere beinahe die Tür erreicht hatte, zog Abel sein linkes Bein über das rechte Knie, er saß komfortabel.

»Guten Abend, Herr Doktor Wolf.«

Der Anwalt fuhr herum und griff sich an den Hals.

»Herr Abel?« fragte er tonlos, dann hatte er die Fassung wiedergewonnen. Er räusperte sich. »Ich habe auf Sie gewartet.«

»Und ich bin gekommen«, sagte der Detektiv liebenswürdig. »Ich wollte nicht stören, da habe ich hier gewartet.«

Der Anwalt schaute auf die Uhr. »Ich bin eingeladen«, sagte er zögernd.

»Sie haben aber bis jetzt gearbeitet und daher keine Zeit für mich, wie ich schon vermute.« Abel wippte mit den Schuhspitzen.

»Gut, kommen Sie.« Der Anwalt machte eine kurze Geste in Richtung Korridor. »Aber nur kurz.«

»Nach Ihnen«, Abel folgte dem Anwalt, höflich sagte er: »Das ist nett von Ihnen, wenn Sie mir noch Ihre kostbare Zeit auch am Abend opfern.«

Während die beiden Männer den Gang durchschritten, beobachtete Abel flink aus den Augenwinkeln die Türen. Alle waren geschlossen. Am Ende des Flurs öffnete Wolf sein Büro und ließ Abel vorgehen. Wie zufällig stieß Abel den Türflügel ganz weit auf, denn er befürchtete noch immer, in einen Hinterhalt zu geraten. Doch niemand war zu sehen.

Das Büro des Anwalts war geräumig, mit einer breiten Fensterfront, hinter der die in Wasserschleier eingetauchten Lichter der Stadt glommen. Die Vorhänge waren inzwischen aufgezogen worden. Bevor Abel in einem Ledersessel Platz nahm, zog er seine Handschuhe aus und vergrub sie in den Taschen. Wolf hatte seine Fassung wiedergefunden. Er legte dekorativ seine Hände auf die Schreibunterlage und begann nach kurzer Zeit mit einem langen, geschliffenen Brieföffner zu spielen. Er versuchte dem Detektiv in die Augen zu sehen. Doch dieser wich dem Blick aus und musterte mit zusammengekniffenen Augen das naßkalte Panorama der Stadt. Nach einer kleinen Weile des Schweigens fragte Wolf: »Sie wollten einen Termin?«

»Und ich habe ihn zu meinem nicht geringen Erstaunen bekommen«, Abel grinste.

»Als Rechtsanwälte sind wir für alle da«, Wolf wirkte förmlich.

Abel fuhr mit der linken Hand durch die Luft, ernst sagte er: »Sie wissen genau, Dr. Wolf, worum es geht; nur deshalb haben Sie mich empfangen.«

Wolf schüttelte den Kopf, er tat, als schaue er Abel fragend an.

»Stichwort: Haussmann.«

Abel hatte die beiden Worte fast geflüstert.

»Ein Mandant von mir.«

»...und einer der besten.«

»Darf ich Sie fragen, was Sie das angeht?« Wolf lehnte sich mit einem arroganten Lächeln zurück und begann mit übergeschlagenen Beinen auf dem Sessel zu wippen.

»Ziemlich viel«, Abel griff in seine Innentasche und zog die Papiere heraus, die er auf den Ämtern zusammengetragen hatte. Aus dem Handgelenk warf er das kleine Paket auf den Tisch, griff hinüber und faltete die ersten Blätter auf. Sorgfältig legte er eine kleine Patience mit den Dokumenten. Der Anwalt sah ruhig zu.

»Es geht mich etwas an«, fuhr Abel fort, ohne sein seltsames Spiel zu unterbrechen. »Ich bin in den Verdacht geraten, einen Menschen getötet zu haben.«

»Ich mache keine Strafverteidigungen.«

»Hören Sie nur ganz einfach zu.«

Der Anwalt ließ Abel gewähren.

Ruhig sprach der Detektiv weiter: »Der Name Reissler ein Begriff?« Lächelnd schaute er zu dem Rechtsanwalt hinüber, der weiter unbeeindruckt mit dem Stuhl wippte.

»Da ich nun selbst genau weiß, daß ich Herrn Reissler nicht erschossen habe, andererseits die Kripo aber nicht locker läßt ...«

»Und was hat das mit meinem Klienten zu tun?«

»Möglicherweise Entscheidendes.« Abel deutete mit dem Finger der Reihe nach auf die Dokumente auf dem Tisch.

»Der Tote, Reissler, fühlte sich von Ihrem Mandanten im Zusammenhang mit einer Erbauseinandersetzung betrogen. Ich hatte den Auftrag, dem nachzuspüren. Kaum hatte ich meine Nase in die Sache gesteckt, war mein Klient tot. Es läßt sich beweisen, daß Herr Haussmann meinen Klienten betrogen hat. Weitergehende Schlüsse sind erlaubt.«

Abel lehnte sich weit auf den Schreibtisch vor und nahm mit spitzen Fingern eines der Dokumente hoch und zeigte auf eine Zahl: »2,5 Millionen! Und da 1,3 und noch mal knapp zwei Millionen.« Das sind keine kleinen Gaunereien, dafür lohnt sich zwar kein Mord, wenn man es objektiv sieht, aber es gibt sicher Leute, die das anders sehen. . .«

»Wenn Sie Strafanzeige erstatten wollen, so steht Ihnen das frei.«

Der Anwalt legte den Brieföffner zur Seite und schob seinen Stuhl zurück. Er stand auf. Jetzt schlug Abel, der sitzengeblieben war, die Beine übereinander und faltete die Arme vor der Brust.

Er schloß die Augen, wie er es bei dem Kriminalkommissar gesehen hatte, und sagte gelassen: »Einer, Herr Rechtsanwalt, einer hat aber die Verträge entworfen, die Reisslers Verderben waren, wenn man so will. Wäre es nicht denkbar, daß derjenige, zumindest wegen Beihilfe zu dem Erbschaftsbetrug, ziemlich tief in der Scheiße sitzen würde, wenn alles ans Licht käme?«

»Beweisen Sie Ihre Behauptungen«, sagte der Anwalt drohend. Er stand in abweisender Haltung an der Ecke seines Schreibtischs.

Ungerührt fuhr Abel fort: »Auch dies ist ein Motiv.«

»Bevor ich Sie hier rauswerfe, sage ich Ihnen«, der Anwalt hatte sich vorgebeugt, seine Stimme zitterte leicht, »ich werde Ihnen gerichtlich verbieten lassen, mich wegen meiner Vertragsentwürfe zu beschuldigen.«

Abel öffnete die Augen, ohne seine Position zu verändern. In seinem Gesicht blühte ein gemeines Lächeln auf.

»Ach, *Sie* haben die Verträge entworfen?« Abel strahlte. Also war das doch die richtige Adresse. »Wie schön, das von Ihnen direkt zu erfahren! Was war der Sinn dieser Operation?«

»Raus!«

Es wirkte unvermittelt aggressiv, wie Wolf plötzlich zu dem schweren Brieföffner griff. Doch Abel hatte sich schon erhoben, die Papiere zusammengerafft und ging hinaus, den Mann im Blick behaltend, der ihn aus schmalen Augenschlitzen beobachtete. Krachend warf der Detektiv die Tür hinter sich ins Schloß. Als er auf dem Flur des Bürohauses angelangt war, duckte er sich, lief an der Wand entlang bis an die schwere Eisentür zur Nebentreppe. Er verließ vorsichtig das Haus, ohne Haussmann zu begegnen, und summte »I'm Singin' In The Rain«.

Es war bereits nach 21 Uhr, als Abel in die Haltebucht des Hotels Zeppelin gegenüber dem Stuttgarter Hauptbahnhof einbog. Mit elegantem Schwung stellte er seinen verbeulten Citroën rückwärts auf den Bürgersteig in der Nähe einer Rolltreppe, die in den Untergrund des Bahnhofsvorplatzes führte. Das war etwas abseits des Hoteleingangs. Das alte Auto sollte nicht gleich dazu führen, daß er von einem der Portiers abgewiesen würde. Abel hatte sich fein gemacht, seinen einzigen Anzug ausgebürstet und die Schuhe geputzt. Er trug einen schwarzen Schlips mit weißen Elefanten.

Abel hastete durch die Regenböen, denn einen standesgemäßen Mantel besaß er nicht, nur einen alten Parka, den er nie über dem Anzug trug, so kalt es auch war. Stil und Formen! Er betrat das Hotel durch die automatische Schiebetür und ging an die Rezeption.

»Bitte, kann ich noch mal die Telefonistin sprechen?«

»Warum?« Der Blick des Empfangschefs glitt abschätzend über Abels Anzug.

»Kripo, die Mordsache Reissler ...«, frech log Abel, eine gestandene Amtsanmaßung. Das Äußere des Detektivs überzeugte schließlich den Portier, er fragte nicht nach Abels Kripo-Marke. Mit dem Kuli wies er über die Schulter in eine entfernte Ecke der Empfangshalle. Gleichzeitig machte er eine Verbeugung, fischte nach einem Schlüssel hinter sich und sagte betont höflich: »Schönen guten Abend, Herr Doktor.«

Abel ging, während sich der Herr Doktor flüsternd beim Portier nach dem Nachtleben der Stadt erkundigte. Abel kurvte elegant in Schlangenlinien zwischen den tiefen Sesseln im Foyer hindurch und steuerte auf die ihm angewiesene Ecke zu.

Dort entdeckte er drei Telefonzellen, unweit davon traf er auf eine unbeschriftete Tapetentür, die er vorsichtig öffnete.

»'n Abend«, sagte er freundlich zu der älteren Frau mit einem Hörknopf im Ohr und einem Mikro unter dem Kinn. Sie sprach gerade englisch und drückte dann auf zwei der diskret leuchtenden elektronischen Tasten vor sich auf dem breiten Pult. Ein Anschluß summte, Lichter flammten auf und verglommen. Abel zog leise die Tür hinter sich ins Schloß und trat in den halbdunklen Raum. Die Frau sah mißtrauisch zu ihm auf.

»Abel«, stellte er sich mit einem Kopfnicken vor. Die Dame sprach schon wieder.

»Bitte, Sie wünschen?« fragte sie. »Ferngespräche bitte an der Rezeption melden, mein Herr.«

»Nur ein paar Fragen«, begann Abel und lächelte.

Die Frau stellte die offenen Amtsleitungen auf besetzt und lehnte sich für einen Moment in ihrem Bürostuhl zurück und sah Abel ins Gesicht. »Wieder die Polizei«, seufzte sie. Abel beschloß, sie in dem Glauben zu lassen.

»Tut mir ja auch leid«, heuchelte er. Ein Hotelgast meldete sich auf einer internen Leitung.

»Also gut.«

Da die Dame wieder verbinden mußte, setzte Abel kurz ein besorgtes Gesicht auf und fragte: »Anstrengend, der Job, was?«

»Hotel Zeppelin, einen Augenblick bitte . . . Ja, das kann man sagen.« Die Telefonistin nickte und kramte eine Zigarette aus ihrer Handtasche, Abel gab ihr Feuer. Sie erklärte: »Zigarettenpause!«

Abel zog sich einen Stuhl aus der Ecke und setzte sich.

»Und ich muß auch noch piesacken«, sagte er mit einem Augenaufschlag. Die Frau war um die vierzig, hatte schöne dunkle Augen mit Lachfältchen dekoriert.

»Nicht schlimm, wenn's nur nicht ihr rothaariger Kollege ist, der junge, der ein wenig hinkt.«

Abel nickte mitfühlend.

»Also, wir wissen«, begann er sachlich, »daß Reissler einen Anruf im Speisesaal erhielt. Das war schon gegen halb acht. War sonst nichts?«

»Ihr seid mir ein cleverer Haufen«, lachte die Frau, »das habe ich doch schon dem Roten erzählt.«

»Der Riebele hinkt auch da oben ein bißchen.« Abel deutete auf seine Stirn. »Der erzählt mir immer nur die Hälfte, da muß ich dann schon mal selber . . .«

»Richtig, Riebele heißt der. Also, das ist so, wir wechseln um 19 Uhr die Schicht. Ich hatte Nachtschicht, wie heute. Wir, meine Kollegin und ich, wissen deshalb von dem Anruf, weil er gerade beim Schichtwechsel kam und wir den Herrn Reißer ...«

»Reissler«, verbesserte Abel.

». . . also gut, Reissler, suchen lassen mußten. Erst in der Bar und dann im Restaurant. Ich habe dann schließlich dem Anrufer mitgeteilt, daß Reissler nicht zu erreichen ist.«

»Und das war der einzige Anruf, den er bekam?«

»Ja zumindest der einzige von einem Mann, und danach hat Ihr Kollege ja gefragt. Alle anderen Hinweise hat er vom Tisch gewischt.«

»Ein qualifizierter Beamter«, sagte Abel doppeldeutig, »wer hat denn sonst noch angerufen?«

»Kurz danach noch eine Frau, zumindest eine Frauenstimme.«

»Warum wissen Sie das noch so genau?«

»Ganz einfach, weil ich den Herrn mal wieder suchen lassen mußte, diesmal war er aber in der Bar.«

»Aha.«

»Wissen Sie, wir haben solche Serientelefonierer öfters mal. Die reden die ganze Nacht mit Amerika, weil dort dann Arbeitszeit ist. Diese Leute sind gefürchtet in der Nachtschicht, und ich hatte schon vermutet, daß der Mann dazugehört.«

»Die können doch selbst von ihrem Zimmer aus wählen«, warf Abel ein.

»Ja, aber viele sind zu faul, selbst bei der Auslandsauskunft anzurufen oder zu warten, bis die Leitung frei ist, dann müssen wir vermitteln. Übrigens werden die auch häufig angerufen, und man muß sie suchen lassen, wie Ihren Kunden.«

»Sie wissen also genau, daß Reissler noch einmal angerufen wurde, und zwar von einer Frau?«

»Ja, zumindest war es eine Frauenstimme.«

»Und mittags hat er selbst ein Gespräch geführt?«

»Ja, nach der Aufzeichnung hier«, sie suchte in einem Aktenordner mit Computerbogen, »um 15 Uhr 03, nein, halt, um 15 Uhr 06 noch einmal, das habe ich übersehen.«

»Gut daß ich selbst noch einmal gekommen bin.«

»Ja.« Die Frau hustete, weil sie sich am Rauch verschluckt hatte.

»Nur noch eine Frage: Wie viele Einheiten hat Herr Reissler vertelefoniert?«

Sie sah noch einmal nach. »Erst eine, dann achtzehn.«

Abel stand auf, während die Dame die Zigarette ausdrückte und sich den aufgeregt flackernden Lichtern an ihrem Pult zuwandte.

»Merci auch«, sagte er und ging zu Tür. Die freundliche Dame winkte kurz mit dem Bleistift, denn sie hatte jetzt viel zu tun.

Freitag, 16. November

Abel kam gerade vom Baurechtsamt. Dort hatte er gleich am nächsten Morgen die Pläne für die Villa Haussmann eingesehen. Da er schon eine gewisse Übung in Anmaßung von Funktionen hatte, hatte er sich als Architekt Gärtner vom Architektenbüro Bäumle & Partner vorgestellt, ein Atelier, das ihm aus der Zeitung wegen seiner teuren und extravaganten Entwürfe bekannt war. Für Haussmann schien ihm das angemessen.

Der Beamte war nicht besonders mißtrauisch, hatte aber dennoch gefragt: »Sonscht kommt doch immer d'r Wagner?«

»Ja, aber der ist im Urlaub«, hatte Abel gleichgültig geantwortet.

Der Beamte schlurfte durch die langen Regalreihen und suchte das Baugesuch des Anwesens von Haussmann in Degerloch. Da in diesem Räumen alle Unterlagen über alle Bauten in Stuttgart – jedenfalls soweit sie mit einer Baugenehmigung errichtet worden waren – aufbewahrt wurden, waren Pfadfinderkünste vonnöten, um darin die Akten eines bestimmten Hauses zu finden. Der Beamte war früher wohl nicht bei den Pfadfindern gewesen, denn nach zwei Minuten rief er nach einem Kollegen, der dann widerwillig zwischen den verstaubten Regalen auftauchte und brummelte: »Finscht wieder mol nix, Schorsch?«

Nach weiteren fünf Minuten der Nachforschungen in Registern und Ablagen wurde dann die Akte gefunden. Der Beamte mit dem Vornamen Schorsch brachte sie an und warf das Papierbündel vor Abel auf den langen Tresen. »Nemmed Se's mit zum Kopiere?«

Abel schüttelt den Kopf und zog sich zu einem der beiden kahlen Tische mit uralten Tintenflecken zurück, um dort die Akte zu studieren. Gleich oben drauf lag das, was er suchte: Umbaupläne für die Villa. Sie waren im September 1964 eingereicht und kurze Zeit später genehmigt worden. Abel notierte die Daten und blätterte dann noch etwas in den Zeichnungen herum. Allein nach dem, was er als Laie aus den Unterlagen erkennen konnte, war der Umbau tatsächlich geeignet, dem Mann von der Straße die Vorstellungen über Baukosten zu verwirren. Von dem, was da mit kurzen Wörtern wie »Cheminée«, »Pool« oder »Halle« bezeichnet war, konnte man sicher in solider Bauweise mehrere Reihenhäuser erstellen, so viel Geld mag das gekostet haben.

Abel hatte genug gesehen. Er klappte den Aktendekkel zu und gab die Papiere zurück, bedankte sich und verließ das Baurechtsamt.

In seinem Wagen studierte er noch einmal seine Notizen über den Fall, die er unter Rubriken wie »Daten«, »Personalien« usw. zusammengetragen hatte. Ein schüchterner Versuch der Systematisierung.

Fest stand inzwischen, daß nach dem Tod von Reisslers Großmutter zumindest nicht bei Haussmann in Stuttgart der Gürtel enger geschnallt worden war – eher das Gegenteil war der Fall, wenn man den luxuriösen Umbau und den Neubau des Apartmenthauses mit in Betracht zog. Aus dem Blatt mit der Überschrift »Daten« entnahm Abel, daß die alte Dame am 5. Mai 1964 gestorben war. In die Zeile darunter notierte er: »26. September: Haussmann reicht Umbaugesuch ein.«

Wenn man es sich richtig überlegt, war die Zeit für die Anfertigung der Pläne ziemlich knapp gewesen, sofern man unterstellt, daß der Auftrag an den Architekten unmittelbar nach dem Tod der Großmutter ergangen war. Wenn da Erbschaftsgeld verbaut worden war, dann hatte es Haussmann sehr eilig gehabt.

Abel blätterte in seinen Aufzeichnungen über das Gespräch mit Reissler. Langsam folgte er mit dem Zeigefinger den Zeilen. »Scheiße«, brummte er und las noch einmal. Aber er konnte keine näheren Angaben dazu finden, wann genau Reissler 1964 nach Deutschland gekommen war. Es wäre immerhin interessant gewesen, ob Haussmann die Pläne für den Umbau erst in Auftrag gegeben hatte, nachdem Reissler ausbezahlt worden war. Aufklären konnte Abel diesen Punkt jetzt nicht mehr, Reissler war tot, und mit Haussmann wollte er zumindest jetzt noch nicht sprechen.

Er startete den Motor und fuhr langsam in Richtung Osten, wo er wohnte. Er grübelte und war beim Fahren unaufmerksam. Mehrmals wurde er von aufgeregten Fahrern angehupt, weil er durch die Straßen schlich und grüne Ampeln verschlief.

Abel war jetzt sicher, daß Haussmann damals seinen Vetter Reissler aufs Kreuz gelegt hatte. Folglich mußte Haussmann befürchten, daß Reissler Unruhe stiften würde, wenn er wieder nach Deutschland kam.

Aber warum hatte Haussmann dann das geerbte Geld so auffällig angelegt? Hatte er sich so sicher fühlen können? War Reissler schon früher zum Tode verurteilt worden für den Fall, daß er zurückkehrte?

Haussmann hatte ein Alibi für die Tatzeit: Er war in seinem Haus bei Zürich; immerhin schien dieser Punkt felsenfest zu sein, wenn die Kripo schon allein deswegen die Fährte aufgab.

Falls das Alibi getürkt war, blieb die Frage offen: Woher wußte Haussmann eigentlich, daß Reissler wieder im Land war? Reissler war aufgrund einer Zeitungsnotiz gekommen, um die Vorfälle um die Erbschaft aufzuklären. Er hatte Abel engagiert. Es war daher kaum anzunehmen, daß er seine Anwesenheit gleichzeitig an die große Glocke gehängt hatte. Abel trat wütend auf das Gas, als die Ampel den ersten Schimmer von Gelb zeigte. Die Fragen waren wichtig, und er wußte keine Antwort darauf.

Als er um die Ecke der Straße schoß, in der seine Dachbude lag, erkannte er die Gefahr sofort. Etwa hundert Meter vor ihm, in der Nähe des Hauseingangs, lungerte ein Mann an einem Volkswagen mit langer Antenne, Abel trat hart auf das Bremspedal. Hinter ihm kreischten die Bremsen eines anderen Volkswagens, der ebenfalls eine auffällige Antenne auf dem Dach hatte. Im Rückspiegel sah Abel das Fahrzeug und wußte sofort, daß dieser Wagen ihn schon seit einiger Zeit verfolgt haben dürfte, er hatte es nur verschlafen.

Vollgas. Der Citroën ging über der hinteren Achse rumpelnd in die Federung, als Abel mit brüllendem Zwischengas herunterschaltete. Das Wagenheck drehte sich seitlich weg. Als die Räder endlich griffen, mußte Abel gegensteuern.

Aus den Augenwinkel sah er Riebele in den zweiten Wagen springen, der allerdings in der falschen Richtung geparkt war.

Jetzt war er am Ende der schmalen Straße. Im Rückspiegel sah er den anderen VW, jetzt schon sechzig oder achtzig Meter zurück, dahinter wendete Riebele.

Ohne auf den Verkehr zu achten, drehte Abel den Citroën mit abschmierenden Hinterrädern in eine breite, steile Straße hinein und schoß davon, instinktiv in Richtung Autobahn. Er nahm einen Schleichweg, um die beiden Verfolger abzuhängen. Nach wenigen Ecken – zunächst scheinbar in Richtung Innenstadt fahrend, hatte er sie verloren. Mit unveränderter Geschwindigkeit fuhr er weiter und näherte sich den Außenbezirken der Stadt.

Erst als er auf der Neuen Weinsteige war, einer der großen Ausfallstraßen, fuhr er brav fünfzig. Jetzt hatte er Zeit, das Radio einzustellen. Er kurbelte an der Frequenz, bis er den Polizeifunk hatte. Das Radio war von einem Kumpel entsprechend frisiert worden, und Abel hatte es bisher nur dazu benutzt, um die Position von Polizeikontrollen zu orten, wenn er gelegentlich mit einem im Tee nach Hause fuhr. Jetzt war der Funk für ihn lebenswichtig geworden.

»Ich wiederhole«, sagte eine monotone Stimme. »An alle, Fahndung nach einem bordeauxroten Citroën Baujahr '70, amtliches Kennzeichen Siegfried-Anton-Ulrich zwo-fünf-zwo-fünf. Der Fahrer ist flüchtig, es besteht

Haftbefehl wegen Mordverdacht. Achtung, Fahrer ist bewaffnet.«

»Kacke«, murmelte Abel und verfluchte seine S-AU-2525, für die er noch vierzig Mark bei der Anmeldestelle geopfert hatte. Rechts tauchte eine große Tankstelle mit Selbstbedienung auf und einem in großen Buchstaben angekündigten »Auto-Shop«. Abel lenkte den Citroën in eine der Boxen und tankte seinen Wagen bis oben hin voll. Im Auto-Shop sah er sich um und kaufte nach kurzer Bedenkzeit zwei Dutzend Aufkleber von »Bundesgartenschau '77 Stuttgart« über »Racing-Team« bis hin zu drei verschiedenen Nationalitätenkennzeichen. Dazu erstand er zwei Tageszeitungen, zwei Rollen Klebeband und fünf Dosen Sprühlack in dezentem Blau.

Die Polizei verzichtete in seinem Fall auf eine Straßensperre. So richtig superwichtig ist ein Mord an einem Südamerikaner nun auch wieder nicht, so daß Abel ungeschoren die ersten Waldstücke an der B27 in Richtung Tübingen erreichte. Zwar war kurz hinter Echterdingen auf der Gegenfahrbahn ein Streifenwagen vorbeigekommen, offensichtlich hatte die Besatzung Abels Fahrzeug in der Schlange übersehen, denn der Funk blieb ruhig. Abel schwitzte immer noch, als er vor Dettenhausen in einen Feldweg zu einer Waldlichtung rumpelte, die er noch aus Tübinger Zeiten kannte. Dort bugsierte er seinen Citroën hinter eine halb verfallene Holzhütte.

Bevor er die Plastiktüte mit den Einkäufen aus dem Wagen nahm, schlich er in einem weiten Kreis um die Lichtung, um sich zu vergewissern, daß er allein war. Dann nahm er aus dem Kofferraum seinen blechernen Werkzeugkasten, legte alles zusammen auf den Boden und begann mit einem Schraubenzieher die Zierleisten abzuheben. Die Scheibe klebte er mit Zeitungspapier und Klebeband ab. Über die Stoßstange hängte er eine ölverschmierte Decke, die er sonst als Unterlage benutzte, wenn er unter dem Wagen kriechen mußte.

Nach einer halben Stunde war er mit den Vorbereitungsarbeiten fertig. Bevor er die erste Lackdose öffnete, betrachtete er mißtrauisch den bleigrauen Himmel. Niemand konnte sagen, ob es nicht in der nächsten Minute zu regnen begann. Schließlich zuckte Abel mit den Schultern und fing an, systematisch mit kreisenden Bewegungen von hinten her seinen Wagen zu besprühen.

Nach einer weiteren halben Stunde war aus dem bordeauxroten rostigen Citroën ein matt glänzendes, blaues Fahrzeug geworden. Abel saß auf einem Holzklotz und wartete, während der Lack trocknete. Wütend starrte er vor sich hin, riß ab und zu einen Grasbüschel aus und schleuderte ihn auf die Lichtung. Er ertappte sich dabei, daß er einen Schuldigen für seine augenblickliche Misere suchte. Hätte Paloff ihm nur nicht diesen Reissler angeschleppt! Wegen tausend Mark so einen Haufen Ärger. Der Verdacht, Haftbefehl! Die Nacht im Knast hatte ihm voll und ganz gereicht. Wieder flog ein Grasklumpen im hohen Bogen auf die Lichtung hinaus.

Scheiße, verdammt noch mal, dachte Abel und verwünschte den Tag, an dem er auf die Idee gekommen war, ein Detektivbüro aufzumachen.

»Fuck it«, sagte er laut, »und jetzt kann ich noch selbst weiterwurschteln, um meinen Kopf aus der Schlinge zu ziehen. Schöne Bescherung!« Er sah sich sichernd um, dann ging er zurück zu seinem Auto.

Vorsichtig berührt er mit den Fingerspitzen den neuen Lack und stellte fest, daß die Farbe bereits trocken war. Sorgfältig entfernte er die Klebestreifen und das Papier und kratzte mit den Fingernägeln einige Lackspritzer von den Chromteilen. Ein halbes Dutzend dünne rote Streifen übersprühte er noch zusätzlich. Dann wählte er aus der Stickersammlung einige Exemplare aus, mit denen er wahllos Heck und Türen des Wagens beklebte.

Nachdem er sorgfältig die Zeitungen, die Klebebänder und die leeren Lackdosen in die Plastiktüte gestopft hatte, holte er aus seinem Kofferraum die Krönung seines Werkes heraus: zwei Nummernschilder von seinem früheren verschrotteten Ford Capri S-R-3684. Damals hatte er den Wagen lediglich abgemeldet, aber den Brief nicht einziehen lassen. Die Zulassungsmarken und die TÜV-Plakette hatte er mit Filzstift in einer stillen Stunde vor zwei Wochen nachgemalt. Er hielt diese Maßnahme als Ausstattung eines Privatdetektivs für angemessen. Heute retteten ihn die falschen Schilder an dem umlakkierten Wagen möglicherweise vor der endgültigen Verhaftung und gaben ihm damit die Chance, den Fall zu klären, bevor man ihn endgültig in den Kasten schickte. Sicher, ein Risiko war dabei, wenn einer die falschen Nummernschilder genau ansah, aber Abel blieb im Augenblick keine andere Wahl. Er verdrängte die Angst vor der Gefahr. Bevor er wieder in das Auto stieg, trat er langsam einige Schritte zurück, um sein Werk aus der Distanz zu bewundern. Er war zufrieden.

So wie er jetzt auf der Lichtung stand, konnte der Wagen bei einer flüchtigen Kontrolle durchgehen. Mit dem gesuchten roten Citroën war er jedenfalls auf den ersten Blick nicht zu verwechseln.

»Bis jetzt haben sie noch nichts Positives«, sagte Riebele. Sein Kopf war dunkelrot, Schweiß perlte auf seiner Stirn. »Ich habe die Meldung noch einmal an alle Einheiten durchgeben lassen.«

»Es ist ein alter, verbeulter Citroën«, bellte Watrin ins

Telefon. »Vergeßt nicht die Parkhäuser in der Innenstadt.« Riebele beobachtete, wie sein Chef angestrengt lauschte.

»Warum geht das nicht?« Pause. »Aha, der Herr Ministerpräsident weiht eine Fußgängerzone ein!« Pause. »Wieviel? Das gibt's doch nicht!« Lange Pause. »Na, dann.«

Watrin legte auf. »Personenschutz«, sagte er und atmete heftig. »Keine Verstärkung möglich.«

»Der Ministerpräsident hat Sicherheitsstufe eins«, sagte Riebele wichtig.

»Ist bekannt«, schnauzte der Kommissar, »und halten Sie mir wenigstens die Streifenwagen auf Trab, wenigstens die sollen gefälligst die Augen offenhalten. Und das Telex, was ist mit dem Telex?«

»Was für ein Telex?« fragte Riebele.

»Fahndungsersuchen an die anderen Dienststellen.«

»Vor fünf Minuten rausgetickert.«

»Also ab, lassen Sie die Fahndung über Funk noch mal durchgeben.«

Riebele war froh, daß er verschwinden konnte.

Abel fuhr zügig in Richtung Süden. Seit einer halben Stunde regnete es wie aus Kübeln. Der neue Lack war schon bald ganz normal verdreckt. Abel hatte zwischendurch bei einem Dorfmetzger gehalten und sich Leberkäse und Brötchen besorgt. Dabei hatte er die verdächtige Plastiktüte hinter dem Haus auf eine kleine Müllkippe geworfen, wo sie sicher niemand suchen würde.

Er passierte Rottweil. Der örtliche Polizeifunk gab keine Aufschlüsse darüber, daß er überregional gesucht wurde. Er räkelte sich zufrieden in seinem Sitz und fuhr weiter auf den öden, leicht geschwungenen Landstraßen in den prasselnden Regen hinein.

»Kruzifix!« Abel schreckte aus seiner beschaulichen

Ruhe auf und streckte den Kopf nach vorne, um besser zu sehen. Die Scheiben waren leicht beschlagen. Knapp hundert Meter vor sich sah er einen Streifenwagen am Straßenrand. Ein Polizist mit Regenumhang stand halb in seiner Fahrspur und schwenkte langsam eine Leuchtkelle mit der Aufschrift »Polizei – Halt« auf und nieder. Umdrehen und abhauen, schoß es Abel durch den Kopf; aber dazu war es schon zu spät. Ehe Abel heruntergebremst hatte, war er schon bis auf dreißig Meter an den Posten herangekommen. Vorbeiziehen ging nicht, da gerade jetzt Gegenverkehr war – er hätte den Mann überfahren müssen. Einen kurzen Augenblick war Abel versucht, tatsächlich das Gas durchzutreten. Mach keinen Scheiß, ermahnte er sich und ließ sich seitlich auf einen Parkplatz einwinken.

Gerade noch rechtzeitig fiel ihm auf, daß der Polizeifunk lief. Mit einer knappen Handbewegung schaltete er das Radio auf eine Hausfrauensendung um, da war schon ein zweiter Polizist an das Seitenfenster herangetreten. Abel kurbelte die Scheibe herunter. Das Gesicht des Beamten kam bedrohlich nahe.

»Guten Tag, Ihre Papiere bitte«, sagte der Polizist. Abel begann in seinem Jackett zu kramen. Führerschein und Personalausweis hatte er in seiner Plastikbrieftasche mit Lederdekor stecken.

Zunächst fummelte er den Führerschein heraus und überlegte dabei fieberhaft, wo er das letzte Mal seinen Kfz-Schein hingesteckt hatte, denn den durfte die Polizei keinesfalls entdecken, das falsche Nummernschild wäre sofort aufgefallen. Er gab zusätzlich den Führerschein dem Polizisten heraus und dann noch seinen Personalausweis. Er tat so, als suche er seine Brieftasche gründlich durch, dann beugte er sich zu seinem Handschuhfach hinüber, um dort herumzukramen.

Als er aufsah, bemerkte er, daß der Beamte ihm den Personalausweis unter die Nase hielt, den Führerschein hatte er unter seinen Umhang gesteckt, damit er nicht naß wurde. Hinter Abel fuhr ein zweites Fahrzeug heran, das man ebenfalls herausgewinkt hatte. Mit einem scharfen Ruck bremste der Fahrer. Beinahe wäre er auf Abels Citroën gerutscht. Der Detektiv zog den Kopf ein. Das hätte noch gefehlt, jetzt einen Unfall unter den Augen der Polizei, ausführliche Feststellung der Personalien, großes Palaver – da wäre Abel nicht einmal mehr der Schimmer einer Chance geblieben.

Der Polizist ging nach hinten. Abel hörte, wie er losschnauzte. »Wohl verrückt geworden?«

In dem Wagen schrie eine aufgeregte Stimme etwas von Schikane und daß man es eilig habe.

»Sie warten schön, bis Sie an der Reihe sind.« Der Beamte kam zurück. »Dem werden wir mal zeigen, was Schikane ist«, sagte er grimmig. Er gab den Führerschein zurück, ohne hineingesehen zu haben.

»Und die Wagenpapiere?« fragte er.

Abel kramte inzwischen im Handschuhfach.

»Die habe ich wohl zu Hause liegenlassen.« Er zuckte mit den Schultern und machte ein betretenes Gesicht. Seine Knie und Hände fingen an leicht zu beben. Er atmete tief durch und sah starr nach vorn. »So eine alte Schleuder wie meine klaut man nicht.« Der Scherz gelang Abel nur mühsam.

»Steht doch noch gut da«, sagte der Polizist trocken.

»Wie man's nimmt.«

»Warum fahren Sie ohne Licht?« wollte der Beamte schließlich wissen. Abel fiel ein Stein von der Seele.

Er starrte auf seinen Lichtschalter, als hätte er ihn zum erstenmal in seinem Leben gesehen, und sagte verblüfft: »Tatsächlich!«

Der Polizist ließ die Antwort durchgehen. Nach kurzer Bedenkzeit fragte er: »Wären Sie mit einer gebührenpflichtigen Verwarnung von zwanzig Mark einverstanden?«

»Wenn's sein muß.« Abel hatte fast schon wieder Oberwasser. Der Polizist schrieb. Nebenbei fragte er: »Wo fahren Sie hin?«

»Nach Singen«, log Abel.

»Wie lange bleiben Sie dort?«

»Och, zwei oder drei Tage.«

»Gut, dann werden Sie bis in einer Woche bei Ihrem zuständigen Revier in Stuttgart Ihren Fahrzeugschein vorlegen – zusammen mit dieser Aufforderung.« Der Beamte reichte Abel ein von Regentropfen gesprenkeltes Formular in den Wagen.

Abel streckte sich, um aus seiner Tasche das Geld herauszuziehen. Er zahlte die zwanzig Mark und versicherte nochmals, daß er sich bei dem Revier melden würde. Dann drehte sich der Polizist um und ging langsam zu dem nächsten Auto. »So, und jetzt mal die Papiere. Aber bitte vollständig.«

Abel warf Führerschein und Ausweis ins Handschuhfach und kurbelte das Fenster hoch. Die Verwarnung und den anderen Zettel steckte er an eine Klammer am Armaturenbrett, dann fuhr er an.

Unbehelligt von Zoll und Polizei erreichte Abel am späten Nachmittag Zürich. An der Grenze war er in einem Rutsch im Feierabendverkehr durchgewunken worden. Die Deutschen kontrollierten nur die Einreise, und von den Schweizern hatte keiner auf sein Auto geachtet. Es regnete immer noch heftig vom grauen Himmel herunter. Die Leuchtreklamen waren schon lange eingeschaltet. Abel stand vor dem Schaufenster eines Fernsehgeschäfts und verspeiste seinen dritten Hotdog. Er hatte die Aufschläge seines Anzugs hochgeschlagen, den Hut tief ins Gesicht gezogen und trat fröstelnd von einem Bein auf das andere.

Gelegentlich nahm er verstohlen einen Zug aus einem Flachmann mit Obstschnaps. Er grübelte und starrte auf die Fernsehapparate hinter der Scheibe, auf deren Mattscheibe zwanzigfach multiplizierte Werbespots abliefen. Seine Lage war im Augenblick mies. Klar, aber daran war nichts zu ändern – vielleicht konnte er in Zürich mehr über Haussmann erfahren. Etwas, was weiterhalf.

Achselzuckend ging er zu der Würstchenbude zurück und kaufte sich noch einen Hotdog, dann ging er zu seinem Wagen, den er in einer Seitengasse in der Nähe der Limmat abgestellt hatte.

Dort aß er alles auf und zählte dann sein Geld. Wenn man die hundert Mark nicht rechnete, die er in Franken eingetauscht hatte, besaß er noch fünfhundertdreizehn Mark und ein paar Pfennige.

Er mußte sparen, weil er nicht wußte, wie lange er mit dem Geld auskommen mußte. Ein Hotel war unter diesen Umständen zu teuer. Abel stieg aus und öffnete die Heckklappe. Er zog seinen Bundeswehrschlafsack heraus, der dort seit dem Sommer lag, und warf ihn auf den Rücksitz. Er fuhr los. An einem Supermarkt hielt er noch kurz und besorgte sich zwei Flaschen Bier. Jetzt war er für die Nacht gerüstet.

Nur noch eine Ermittlung stand offen, bevor seine seltsame Nachtruhe begann: die Adresse von Haussmanns zweiter Bleibe am See. Da anzunehmen war, daß er Telefon hatte, studierte Abel in einer Telefonzelle am Stadtrand das Fernsprechverzeichnis. Dabei kam ihm zugute, daß in der Schweiz immer die Teilnehmer größerer Gebiete ohne regionale Trennung alphabetisch zusammengefaßt sind. So fand er nach kurzem Suchen unter verschiedenen Haus-, Hauß- und Hausmännern seinen »Haussmann, Curt« heraus und notierte Anschrift und Telefonnummer.

Nun verließ er die Stadt am Seeufer auf einer großen Ausfallstraße. Er gähnte mit weit offenem Mund und war trotz allem eigentlich zufrieden über seine derzeitige Lage – es hätte bedeutend schlimmer kommen können. Sein Optimismus gewann wieder die Oberhand.

Nach zehn Minuten bog er rechts ab und fuhr auf einen der Höhenzüge hinauf, die den See begleiteten. Auf einem Holzabfuhrweg in einem stillen Waldstück fand er eine Ausweichstelle. Dort parkte er den Wagen. Unter den tropfenden Fichten wechselte er noch schnell die Nummernschilder, damit er wieder seinen Kfz-Schein benutzen konnte – die Farbe des Wagens wird ja nicht vermerkt. Nachdem er den Beifahrersitz vorgezogen und in Liegeposition hinuntergekurbelt hatte, zog er das Jackett aus und kroch voll angezogen in den Schlafsack. Die Nacht war kalt.

Samstag, 17. November

Die fahle Novembersonne flimmerte durch die Äste des Fichtenwaldes und zeichnete kantige Schatten ins leblose Gras. Modergeruch wehte durch den offenen Spalt der Seitenscheibe herein. Auf dem Holzabfuhrweg standen tiefe Pfützen. Der Citroën schlingerte im Schlamm und kroch spritzend durch die Wasserlöcher, als Abel gegen 9 Uhr morgens zurück auf die Straße fuhr. Fedrige Wolken jagten im Wind hoch über dem See und tupften dunkle Flecken auf die graugrünen Matten an den Hängen. Die Szenerie erinnerte an die frühen Märztage in den Alpen, auch der Schnee auf den Bergflanken paßte dazu.

Im Dorf vor der Seeuferstraße hielt Abel vor einem Migros-Laden und kaufte dort frische Wecken, eine Büchse Cola und eine Lyoner aus der Aktion. Bei Weck und Wurst studierte er dann auf einem Parkplatz am See die Karte. Das Gebläse fächelte Heißluft in den Innenraum. Langsam kehrte Leben in seine steifen Knochen zurück.

Er fand in seinem Straßenatlas einen Stadtplan von Zürich und konnte dort die Gegend, in der Haussmann seine Zweitwohnung hatte, näher identifizieren. Er legte das Lesezeichen an dieser Stelle in das Buch und klappte es mit einem Knall zu. Der Weg zum Zürichberg führte ihn wieder am Rand der Innenstadt vorbei durch das morgendliche Verkehrsgewühl. Er schob sich langsam im Stau von Ampel zu Ampel und beobachtete dabei die Samstagvormittag-Einkaufsbummler. Überall beste Tuche und Schuhe aus feinem Leder. Trotzdem beneidete Abel diese Leute nicht. Sie waren anders als er. Und er nahm das hin. Trotz der Sonne, die schräg in die Straße schien, blieben die meisten Gesichter unbeteiligt und starr. Die Menschen bewegten sich in einem einförmigen Strom an den Schaufenstern vorbei, beladen mit Taschen und Tüten. Es schien, als habe keiner die Sonne bemerkt. Konsum und Eile forderten die ganze Aufmerksamkeit der Passanten.

Nach einer langen halben Stunde hatte Abel endlich das Areal vor dem Golf-Club Dolder erreicht, sein erster Fixpunkt bei der Anfahrt zum Zürichberg. Von dort aus fuhr er weiter durch die stillen Straßen mit abweisenden Mauern. Die Bürgersteige waren säuberlich gefegt, so daß nicht einmal der Novemberwind ein Blatt von einem der vielen Bäume fand, um es im Kreis herumzujagen. Schließlich kam Abel in der Nähe eines Friedhofs auf eine breitere Straße, wo er eine Tankstelle fand.

Menschen, die er nach dem Weg hätte fragen können, traf man in dieser Gegend nicht. Also fuhr er in die Tankstelle und stellte seinen alten Citroën bescheiden an der Seite ab, damit keiner auf den Gedanken kommen konnte, er wolle tanken; denn sogar das sah teuer und exklusiv aus.

Abel beobachtete, wie der Tankwart eine schwere Jaguar-Limousine sorgfältig befüllte und hierfür einen Hundertfrankenschein kassierte. Dann stieg er aus seinem Fahrzeug und schlenderte auf das Verkaufshäuschen zu. Der Besitzer saß über einer Zeitung und musterte den Fremden neugierig mit einem kleinen Schuß Mißtrauen – es soll schon vorgekommen sein, daß man eine Tankstelle beraubt hat, zwar noch nicht am Zürichberg, aber die Zeiten sind unsicher. Und Abels alter Zweireiher war von der Nacht im Auto nicht besser geworden.

Als Abel die Tür hinter sich schloß, stand der Mann auf und kam um seinen metallenen Schreibtisch herum. Einen Teil der Zeitung behielt er in der Hand. Er blickte in Abels unrasiertes Gesicht, zog die Augenbrauen hoch und blieb in der Nähe des Telefons stehen.

»Nur eine Frage.«

»Ja, bitte?« Die gepflegten Manieren des Tankstellenbesitzers bewahrten auch in möglicher Gefahr die höfliche Distanz.

»Wo finde ich hier den Prätschliweg?« Abel lachte freundlich, um das Mißtrauen des Mannes zu zerstreuen. Doch die Falten um dessen Mundpartie herum wurden noch strenger.

»Zu wem wollen Sie da bitte?« Alle vom Prätschliweg waren Kunden.

»Zu Herrn Curt Haussmann.« Abel schien es besser, den richtigen Namen zu nennen, denn der Mann machte den Eindruck, als kenne er sich aus.

»Der ist nicht da«, sagte der Mann kurz und setzte sich wieder.

»Das kann doch kaum sein«, log Abel, »denn in Stuttgart ist er auch nicht.«

»Was wollen Sie denn von Herrn Haussmann?«

Abel war verblüfft über die unverhohlene Neugier des Mannes, der sich wie ein Dienstbote Haussmanns aufspielte. Erstaunlich, wie die noble Gegend den Charakter beeinflußte. Doch Abel war zu schnell im Geschichtenerfinden, um sich aus dem Konzept bringen zu lassen.

»Also gut«, sagte er versöhnlich, »ich bin Journalist, genauer gesagt: Ich heiße Norbert Pötzl, bin der Stuttgarter Korrespondent des ›Spiegels‹ und möchte mit Herrn Haussmann ein Interview machen. Sie können sich vorstellen«, schwafelte er weiter, »daß so etwas gar nicht so einfach ist, bei einem so einflußreichen Mann.«

Der Mann nickte. Aha, Journalist. Die laufen oft in zerknitterten Anzügen und ungebügelten Hemden herum, weil sie immer auf Achse sind. Der Tankstellenbesitzer taute auf. Die Vorstellung, daß seine Kunden wichtige Wirtschaftslenker, bedeutende Künstler und Wissenschaftler, verschwiegene, erfolgreiche Anwälte oder virtuose Chirurgen waren, hatte sich bei ihm mit den Jahren festgesetzt. Da konnte es schon mal vorkommen, daß sich auch die Presse um die Leute kümmerte.

»In Stuttgart ist der Herr Kommerzialrat aber nicht aufzutreiben, und, im Vertrauen, ich weiß, daß er hier sein muß.«

»Bestimmt nicht. Er ist seit gestern in Mailand, zu einer geschäftlichen Besprechung.«

»Seit gestern«, wiederholte Abel und schrieb in sein Notizheft.

»Habe ich mir doch gleich gedacht«, sagte er und machte ein Verschwörergesicht. Ein halbes Lächeln folgte.

»Ja, Frau Bläsi, die dort den Haushalt macht, wenn die Familie da ist, hat gestern angerufen und gesagt, daß der Mercedes von Herrn Haussmann deshalb erst nächste Woche zum Ölwechsel kommt.«

Der Mann war stolz auf den vertrauten Umgang mit seinen Kunden.

»Aha, Herr Haussman ist mit dem Wagen unterwegs?«

»Nein, er ist wieder geflogen. Aber da er keinen Chauffeur hat, kann keiner den Wagen abholen und wieder zurückbringen«, klärte der Mann auf.

Abel war aufgefallen, daß Haussmann »wieder« geflogen sein soll. Er erkannte einen Zusammenhang zu den Punkten, die ihn interessierten, und so fragte er: »War Herr Haussmann am letzten Montag auch mit dem Flugzeug in Mailand?«

Und weil er sah, daß der andere wieder mißtrauisch wurde, fuhr er fort: »Da sollen nämlich Gespräche, ganz entscheidende Gespräche über eine Fusion mit den Mailändern geführt worden sein. Sie täten mir einen großen Gefallen und Herrn Haussmann sicher auch, wenn Sie mir darüber etwas erzählen könnten. Herr Haussmann muß, wie die Dinge liegen, ein großes Interesse an gewissen gezielten Indiskretionen haben; er hätte sonst nicht über die Chefsekretärin den Tip mit Zürich und Mailand an mich lancieren lassen. Sie wissen ja, wie es in der Industrie und Wirtschaft oft ist ...«

Das fachmännische Vokabular des Detektivs schien den Tankstellenbesitzer zu überzeugen – insbesondere der Appell an sein Wissen um den verzwickten Gang der Dinge in der Weltwirtschaft tat dem Mann gut, der ja die Wirtschaftsbosse mit Sprit bediente und deshalb ohnehin praktisch nur Super verkaufte. War er nicht selbst ein erfolgreicher Geschäftsmann mit seinem gebrauchten, glanzpolierten großen Rover?

Vorsichtig fragte er: »Es ist doch bestimmt nicht von Nachteil für den Herrn Direktor, wenn ich Ihnen etwas sage?«

»Ich sagte Ihnen ja, gezielte Indiskretionen ...«

Der Mann griff über den Schreibtisch und schlug eine Mappe mit Rechnungen auf. Nach einem kurzen Blick auf die Belege sagte er zögernd: »Am Montag?«

»Ja.«

»Am Montag ist er zum Flughafen gefahren.« Der Mann nickte. »Er hat eine entsprechende Bemerkung fallenlassen.«

»Habe ich mir gedacht!« Abel schrieb schon wieder eifrig in seinen Notizblock.

»War er allein?«

»Nein, sein Advokat war dabei.«

»Aha, den kennen Sie auch?«

»Ja.«

»Und wann ist er geflogen?«

Der Mann zog die Brauen hoch. Abel schaute ihn an, dann sagte der Mann: »Das weiß ich nicht. Er war kurz vor Geschäftsschluß hier, so gegen sechs am Abend.«

Eine gute Zeit für eine Besprechung, dachte Abel und sagte laut: »Ja, die Italiener mit ihren späten Besprechungsterminen. Sie regeln dort alles beim Abendessen.« Abel lächelte.

»Hm«, machte der Mann, der offensichtlich da nicht mehr mitreden konnte.

»Jetzt wird es ganz wichtig für mich: war Herr Haussmann schon bald wieder zurück, daraus kann man nämlich schließen, daß sie zu dem Zeitpunkt nicht handelseinig wurden.«

»Das weiß ich nicht, denn Herr Haussmann fährt dann manchmal mit dem Wagen vom Flughafen direkt nach Stuttgart.«

Abel suchte noch einmal kurz seine Notizen durch und nickte dabei freundlich.

Der Tankstellenbesitzer hatte plötzlich doch ein schlechtes Gewissen bekommen und fragte besorgt: »Ich kann Herrn Haussmann doch davon erzählen, daß Sie da waren ..., Herr Patzel?«

Abel drehte sich noch einmal vor der Tür um. »Pötzl! Patzel ist ein anderer. – Klar, gezielte Indiskretionen, Sie wissen schon«, sagte er, zwinkerte mit dem Auge und verließ den Glaspavillon. Der Mann winkte mit gemischten Gefühlen zurück, als Abel freundlich grüßend an ihm vorbeifuhr. Vorsichtshalber notierte er die Autonummer – man konnte ja nicht wissen ...

Auf dem Weg in die Stadt hielt Abel am Straßenrand, um noch einmal die Karte zu studieren. Zum Flughafen Kloten mußte er sich nördlich vom Stadtzentrum halten; über die Universitätsstraße und die Winterthurer Straße nach Westen.

Abels Laune war vorzüglich. Für ihn stand außer Zweifel, daß er Haussmanns Alibi knacken konnte. Ein ganz wichtiger Punkt! Das Motiv war ohnehin schon eindeutig: die Verschleierung der Manipulation um die Erbschaft, Schiebereien hatte es mit Sicherheit gegeben, das stand fest.

Wie Schuppen war es ihm eben in der Tankstelle von den Augen gefallen. Der alte Trick: im Flugzeug von Zürich nach Stuttgart; mit der nächsten Maschine zurück, und dazwischen eine delikate Besprechung mit einseitig tödlichem Ausgang. Das Puzzle paßte plötzlich.

Da war zum Beispiel der mysteriöse zweite Anruf im Hotel bei Reissler. Er, Abel, hatte mit Sicherheit nur einmal wegen Detailfragen angerufen. Er war der erste, der den Klienten ausschellen ließ. Der zweite Anruf konnte gut von Haussmann gewesen sein, der – und das war noch aufzuklären – von Reisslers Anwesenheit wußte und nun versuchte, ihn zu sprechen, vielleicht hatte er den Tatentschluß schon gefaßt und kaltblütig einen Treff arrangiert, vielleicht mit Armsünderstimme, ganz zerknirschte Reue ... Abel stutzte, seine Gedanken hatten sich überschlagen.

»Apropos Stimme«, murmelte er.

Die freundliche Telefonistin im Zeppelin hatte doch klipp und klar gesagt, daß eine Frau angerufen hatte, sie war davon felsenfest überzeugt.

»Mist«, brummte Abel, dann wischte er den Gedanken fort und besänftigte sich damit, daß man eine Stimme auch verstellen kann – das würde für die Theorie von Kaltblütigkeit sprechen – oder daß Haussmann seine Sekretärin hat anrufen lassen.

Wird alles noch untersucht, sagte er sich.

Jetzt aber mußte er herausbekommen, ob Haussmann am Montag tatsächlich nach Stuttgart geflogen war. Was heißt herausbekommen, Abel war seiner Sache so sicher, daß er davon ausging, seine Hypothese nur noch beweisen zu müssen.

Der Flughafen tauchte auf, und Abel ordnete sich zum Abbiegen ein. Während er einen Parkplatz suchte, überlegte er, ob es möglich wäre, trotz Paßkontrolle unter einem falschen Namen in die Passagierliste zu kommen. Wenn der Coup geplant war – seine Kaltblütigkeitsthese –, dann mußte er den Täter vorsichtshalber auch unter einem anderen Namen suchen. Schwierig wäre es erst, wenn Haussmann unter einem zweiten Falschnamen zurückgeflogen wäre. Dafür hätte er zwei Tickets kaufen müssen. Wer aufs Geld schaut, wie die Schwaben, wird das wahrscheinlich vermeiden. Also ging Abel in seiner Arbeitshypothese davon aus, daß er nach identischen Namen auf dem Hin- und dem Rückflug suchen mußte.

Abel brachte seinen Wagen an einer der münzfressenden Parkuhren auf dem Flugplatzareal unter. Zehn Rappen für zehn Minuten, ein stolzer Preis. Die Schweizer standen den Schwaben in nichts nach, stellte er fest, denn er kannte diesen unschönen Brauch schon vom Stuttgarter Flughafen. Bloß der Service beim Geldabnehmen war hier perfekter: Der Automat nahm auch Frankenstücke an. Knurrend bediente Abel das gefräßige Ding auf der Eisenstange zunächst mit einem Franken, dann ging er zum Flughafengebäude hinüber, wo er es zunächst in der Ankunftshalle versuchte, dort aber niemanden fand, der ihm hätte Auskunft geben können. Er erfuhr aber, daß die Fluggesellschaften ihre Schalter in der Abflughalle haben.

Also ging er den Pfeilen mit der Aufschrift Departures nach und stand kurz darauf vor einer langen Reihe von Schaltern, in denen die Vertretungen der Gesellschaften aus allen Ecken der Welt residierten. Die Leuchtschriften wiesen schreiend auf das bunte Spektrum der Linien hin, die Swissair hatte eine lange Reihe von Schaltern.

Abel war stehengeblieben und suchte mit den Augen den Check-in ab. Manche Boxen waren nicht besetzt, an anderen standen die Menschen in längeren oder kürzeren Schlangen. Aber die Frage, die Abel quälte, war durch die Beobachtung der Länge einer Schlange vor einem Schalter nicht zu lösen: Mit welcher Gesellschaft war Haussmann geflogen?

Das mußte er schon wissen, bevor er nach der Passagierliste fragte. Kurze Zeit war Abel ratlos. Dann aber fiel ihm ein, daß er zunächst einmal herausfinden mußte, welche der Gesellschaften Stuttgart anflogen. Der Flugplan!

Da die An- und Abflugzeiten nicht wie in einem Bahnhof angeschlagen sind, steuerte Abel kurz entschlossen auf den nächsten Schalter zu und fragte den Mann, der hinter dem Pult saß und aussah wie ein Bilderbuchflugkapitän mit weißem Hemd, Schulterstücken und Pomade in den Haaren: »Guten Tag, können Sie mir vielleicht sagen, wann eine Maschine abends nach Stuttgart geht?«

Der Reklamekapitän schaute beleidigt und deutete wortlos mit einem Kuli auf die Leuchtanzeige über seinem Kopf. Dort stand: Swissair, oversea lines.

»Aha«, entfuhr es Abel, der erst in diesem Moment das Ausmaß der persönlichen Beleidigung für den Mann ermessen konnte, aber Abel läßt sich nicht so leicht abschütteln: »Gibt's den keinen Flugplan oder etwas Ähnliches?«

Der beleidigte Flugkapitän von der Bodentruppe wies ungnädig mit seinem Kugelschreiber auf eine der Säulen in der Halle – wieder ohne ein Wort zu sagen, dann wandte er sich indigniert ab und fuhr sich mit dem Kuli durch das pomadige Haar.

Da Abel mit dem Hinweis nichts anzufangen wußte, sagte er giftig: »Gibt einen schönen langen Strich auf der Kopfhaut«, er deutete auf den Kuli, »'ne praktische Markierung für den nächsten Ölwechsel im Haar.«

Freundlich lächelnd ging er und ließ den Bodensteward wütend zurück, damit beschäftigt, an seinem Vorurteil gegenüber Deutschen zu polieren.

Von einer netten jungen Dame mit Schweizer Akzent, die am Schalter einer orientalischen Fluglinie saß, erfuhr er schließlich, daß der Hinweis auf die Säule doch nicht so falsch war. Dort waren nämlich kleine Kästen eingelassen, aus denen Karten herauslugten, die in langer Reihe An- und Abflugzeiten der einzelnen Maschinen enthielten.

Abel zog sich auf eine der gepolsterten Bänke zurück und vertiefte sich in die Zahlen. Er hatte seinen Bleistift herausgezogen und suchte in den späteren Abflugzeiten herum.

»Na, bitte«, sagte er zu sich und pfiff leise durch die Zähne. »Das paßt.«

Tatsächlich gab es einen Flug von Zürich nach Stuttgart um 19 Uhr 20, Stuttgart an 19 Uhr 55. Abel wunderte sich, daß ein Flugzeug nur fünfunddreißig Minuten für die Strecke brauchte, die mit dem Wagen, wegen der schlechten Straßen, schnellstens in zweieinhalb Stunden zu bewältigen war. Die kurze Flugverbindung kam seiner Theorie entgegen.

Er drehte das Kärtchen um. Ankunft/Arrival stand dort. Aus diesem Plan entnahm er, daß bereits um 20 Uhr 30 die Maschine in Stuttgart wieder startete, um gegen 21 Uhr 05 wieder in Zürich zu sein. Demnach hatte Haussmann nur gut eine halbe Stunde Spielraum gehabt. Fünfzehn Minuten vor Abflug mußte er allerspätestens wieder einchecken, also blieben ihm nur zwanzig Minuten. Zog man noch mindestens fünf Minuten fürs Aussteigen ab, dann hatte Haussmann ganze fünfzehn Minuten Zeit gehabt, Reissler umzubringen, den Toten auszuplündern, die Etikette aus den Kleidern zu trennen und die Leiche auf das Bahngleis, etwa vier Kilometer vom Flugplatz entfernt, zu fahren.

»Geht nicht!« murmelte Abel enttäuscht.

Mit dem Bleistift unterstrich er aber noch die Fluggesellschaft, die die Linie flog: Lufthansa. Er trabte verdrossen in Richtung Ausgang und überdachte die Sache noch einmal.

Plötzlich blieb er stehen und schlug sich mit der flachen Hand vor die Stirn. »Klar!«

Er drehte sich auf der Stelle um und rannte zu den Schaltern der Fluggesellschaften zurück, wortlos bestaunt von einer pelzumhüllten Dame, die er beinahe umgerissen hätte.

Bei der Lufthansa war der Schalter gerade nicht besetzt war. Nervös trat er von einem Bein auf das andere und suchte nach einer Glocke oder etwas Ähnlichem, um jemanden herbeizurufen, dabei fiel ihm das Linienverzeichnis der Gesellschaft in die Hände, eines der schmalen gelben Bändchen, die in einem Plastikständer standen. Das war ja haargenau das, was er suchte.

Er zog sich auf eine gepolsterte Bank in der Nähe zurück und blätterte im Flugplan herum. Nach einigen Augenblicken durchschaute er das scheinbar verwirrende System von Orts- und Zeitangaben. Unter dem Verzeichnis der Liniendienste ab Stuttgart fand er kurz darauf das, was er suchte: Die letzte Maschine, die den Stuttgarter Flughafen verließ, ging nonstop nach Mailand! Abflug um 21 Uhr 20, Ankunft um 22 Uhr 15.

Abel malte sorgfältig mit seinem Kuli eine breite Linie um diese Angabe. Die Seite knickte er ein, damit er die Fundstelle sofort im Griff hatte.

Wenn Haussmann die Maschine um kurz vor halb acht nach Stuttgart genommen hatte und dann von dort nach Mailand geflogen war, hatte er immerhin eine Stunde und zwanzig Minuten Aufenthalt in Stuttgart gehabt. In dieser Zeit war es eher möglich, Reissler zu treffen und umzubringen und zusätzlich noch die Leiche zu beseitigen. Knapp, aber durchaus nicht unmöglich. Andererseits fiel eine gute Stunde Verzögerung im Zeitplan eines Tages nicht sonderlich auf, so daß auch von dieser Seite die Sache glattgehen könnte.

Abel pfiff vergnügt vor sich hin und klatschte den Takt zu seinem Lied mit dem Linienverzeichnis der Lufthansa.

Kaum fünf Minuten später erschien eine Bodenstewardeß am Schalter und kramte unter dem Tresen herum. Abel schoß hoch und erwischte die junge Frau gerade noch, bevor sie wieder hinter einer Tür verschwinden konnte.

Ein Lächeln. »Tach«, sagte er freundlich.

»Guten Tag, mein Herr«, die Stewardeß hatte in Sekundenbruchteilen ihr Kundengesicht übergestreift.

»Erste Frage: Kann ich das Ding mitnehmen?« Abel zeigte auf das gelbe Heftchen.

»Ja, selbstverständlich, dazu ist es ja da«, zuvorkommendes Lächeln.

»Danke, zweite Frage: Kann man die Passagierliste einsehen?«

Das Lächeln verschwand. »Das ist leider nicht möglich.«

»Auch nicht ausnahmsweise?«

»Leider nein.«

Abel versuchte es mit einem langen Plüschblick. Die junge Frau lachte leise und schüttelte den Kopf. Nun hatte Abel keine andere Wahl mehr. Er mußte es wieder mit einer seiner Geschichten probieren: »Es ist mir peinlich, aber mein Vater«, druckste er, »mein Vater ist schon seit einiger Zeit weg, und da wollten ich und meine Mutter und meine Geschwister – wir sind sechs zu Hause – doch mal gerne wissen, wo er ist und ...«

Abels Story zog diesmal nicht.

»Warum melden Sie das nicht der Polizei, die kann jederzeit die Listen einsehen.« Die Stewardeß blieb freundlich – war aber, trotz Sympathie für den Langen mit dem zerknitterten Anzug und dem Plüschblick, nicht zu erweichen.

»Naja, wer will schon gleich mit der Polizei kommen?« sagte Abel mit einem hilflosen Lächeln, und dann setzte er hinzu: »Etwas delikat, die Geschichte, Sie verstehen sicher.«

»Ja, ich verstehe«, sagte die Stewardeß mit einem strahlenden Lächeln. Wenn der Vater wie der Sohn ... Sie zuckte aber wieder die Schultern. »Sie müssen bitte Verständnis dafür haben, daß wir nicht befugt sind, Privatpersonen Einblick in die Passagierlisten zu geben.«

»Schade«, sagte Abel und seufzte, es sei ja nicht wegen ihm, nur die Geschwister und seine Mutter ...

Die Stewardeß verschwand mit einen freundlichen Gruß im Hintergrund, bevor Abel seine Geschichte noch mal ausschmücken konnte. Enttäuscht drehte er sich um und ging zu seinem Wagen zurück. Die räuberische Parkuhr bekam noch einmal fünfzig Rappen, weil Abel im Auto kräftig nachdenken mußte.

Das Ergebnis seiner Reise nach Zürich war trotz scheinbarer Erfolge nicht überwältigend. Zwar hatte er jetzt eine genau umrissene Hypothese, wie Haussmann sein Alibi aufgebaut hatte. Außer der Aussage des Mannes von der Tankstelle fehlte aber jeder schlüssige Beweis dafür, daß sich die Dinge tatsächlich so zugetragen hatten. Aber immerhin, das Gegenteil war ebenfalls nicht bewiesen.

»Auf zur Attacke«, sagte Abel zu sich selbst und stieg aus dem Auto. Er suchte eine Telefonzelle und kramte aus seinem Notizblock die hiesige Telefonnummer Haussmanns heraus.

Gleich nachdem das Geldstück gefallen war, knackte es am anderen Ende. Abel war für einen kurzen Augenblick über die schnelle Reaktion erschrocken, dann drang ihm die mechanisch wirkende Stimme am anderen Ende ins Bewußtsein: »Hier automatischer Anrufbeantworter, Direktor Carl Haussmann, Zürich. Der Anschluß ist vorübergehend nicht besetzt. Sie können eine Nachricht von unbeschränkter Dauer auf das Band sprechen. Bitte nennen Sie Name und Anschrift, und vermeiden Sie Pausen von mehr als acht Sekunden. Bitte sprechen Sie jetzt ... Biiip.«

Abel war so verblüfft, daß er sich die Ansage bis zum Ende anhörte, ohne aufzuhängen. Nach kurzer Zeit knackte es wieder in der Leitung, dann war das Gespräch unterbrochen. Die acht Sekunden, von denen die Stimme gesprochen hatte, waren vergangen.

»Richtig, eine Frauenstimme«, sagte Abel halblaut und kramte in seiner Tasche nach einem weiteren Geldstück. Er wollte ihre Stimme auf Haussmanns Anrufbeantworter noch einmal hören. Wieder kam die Ansage unvermittelt. Die Stimme war mechanisch, puppenhaft, kein Akzent, nicht der geringste Anflug von kehlig-schweizerischem »ch«, auch kein Schwäbisch.

Kurz bevor der Automat die Verbindung wieder trennte, fuhr es Abel heraus: »Ich krieg dich noch, du fettes Warzenschwein.« Dann hängte er befriedigt auf.

Noch ein Faktum notierte er: Haussmann hatte offenbar eine Dame, die sich um seine Telefonangelegenheiten kümmert – und das in Zürich. Es konnte also durchaus möglich sein, daß es dieselbe Dame war, die für Reissler die verhängnisvolle Verbindung in das Stuttgarter Hotel hergestellt hatte.

Abel lehnte sich an die Mauer und ging sorgfältig seine Aufzeichnungen durch. Mit dem Bleistift wanderte er an den Notizen entlang und machte auf einer freien Seite ordnende Randbemerkungen, die er mit dünnen Strichen untereinander verband.

Oben über den Kolonnen standen die Buchstaben »C. H.« und »Dr. W.«. Nachdenklich machte Abel einen Kreis um das Wort »Anruf« in der Spalte unter »C. H.«. Einer spontanen Idee folgend, ging er zur Schalterbatterie an der Längsseite der Abflughalle hinüber.

Auslandsvermittlung stand auf einem der vielen Schilder. Abel mußte warten, bis er an die Reihe kam.

»Kann man im Zeitalter der Selbstwählgespräche sich noch vermitteln lassen?«

»Jawohl.«

»Auch innerhalb Europas?«

»Jawohl.«

Abel nickte. »Machen Sie das?«

»Nein, eine Kollegin, wohin wollen Sie telefonieren?«

»Danke, ich will nicht telefonieren.« Abel nickte dankend mit dem Kopf und drehte sich um. Im Gehen kritzelte er einen zweiten Kreis in sein Notizbuch, diesmal um das Wort »Anruf«, in der Spalte »Dr. W.«.

Vergnügt pfeifend ging Abel zu seinem Auto zurück, und dann beschloß er, ein wenig an den Bodensee zu fahren. Haussmanns Villa in Zürich interessierte ihn nicht mehr.

Riebele war als erster wieder bei Watrin erschienen. Es war kurz vor 20 Uhr Samstagabend. Im Fernsehen kam »Der goldene Schuß«.

»Immer noch nichts«, sagte er leise, »wie in Luft aufgelöst.«

Watrin legte die Akte, in der er gelesen hatte, langsam auf den Tisch und lehnte sich vorsichtig zurück. Er schloß die Augen und rieb mit Daumen und Zeigefinger seine Nasenwurzel.

»Riebele«, fast flüsternd sagte er den Namen des jungen Beamten.

»Ja, Chef?« Riebele stand immer noch zwei Schritte vor dem Kommissar.

»Wir haben einen Haftbefehl gegen diesen Mann«, murmelte Watrin, ohne die Augen zu öffnen.

»Ja, Chef.«

»Wir haben den Mann seit sieben Uhr morgens beschattet, ohne daß er etwas gemerkt hat.«

»Ja, Chef.«

»Und dann postiert sich der Herr Kriminalhauptmeister Riebele so auffällig vor der Haustür des Gesuchten, daß der sofort Lunte riecht und alles auffliegt.«

»Chef, ich wollte ...«

Watrin wollte nicht wissen, was Riebele wollte. Er unterbrach ihn mit einer knappen Geste, fuhr aus seinem Stuhl hoch, blieb halb gebückt, auf eine Hand gestützt, stehen. Sein Gesicht mit den faltigen Backentaschen geriet für einen Augenblick in Bewegung.

»Ja, ich weiß«, fauchte er, »Django spielen wollten Sie. Den Rächer, den Gerechten. Alles alleine machen. Schlauer sein als die Kollegen.« Er ließ sich wieder zurückfallen, atmete tief durch, seufzte fast. Leise sagte er dann: »Dienstgeiles Monstrum!«

Das saß! Riebele plusterte sich auf, wollte nun selbst lospoltern, daß es ungerecht sei, wenn der Chef ...

»Wer das Pensum des letzten Lehrgangs nicht begriffen hat und in der Praxis versagt, der gehört noch nicht auf den nächsten Lehrgang«, stellte Watrin nüchtern fest.

Riebele sah sein Ziel in weite Ferne rücken, sah die endlosen Dienststunden vor sich. Haß keimte auf. Er beobachtete, wie der Alte wieder in sich zusammensank und emotionslos, scheinbar unbeteiligt vor sich hindöste.

»Dann kann ich ja gehen«, sagte er trotzig und drehte sich um.

»Mitnichten!«

»Also gut, dann eben nicht.«

Watrin öffnete die Augen einen kleinen Spalt und schob sein Unterkinn vor. Lauernd beobachtete er den Mann vor sich. Dann sagte er: »Dienstgeil ist ein Beamter dann, wenn er vorgibt, eifrig zu sein, dabei aber im Grunde nicht an den Dienst denkt, sondern an sein persönliches Fortkommen.« Diese Definition schien dem Handbuch für Polizisten entnommen zu sein – wenngleich zweifelhaft war, ob ein solches Werk je diesen Begriff erklären würde. »Ich erwarte von Ihnen«, fuhr Watrin fort, »daß Sie sich um die Sache kümmern und nicht bloß darum, wie Sie am schnellsten Kommissar werden, verstanden?«

»Ja.« Riebele schwor sich: Eines Tages sage ich ihm auf den Kopf zu, wie er aus dem Maul stinkt. Und daß es kaum auszuhalten ist mit ihm.

»Fassen wir zusammen«, sagte Watrin und zog die Akte vom Schreibtisch zu sich herüber. »Abel ist uns entwischt. Die Personenfahndung ist bisher ohne Erfolg gewesen. Auch sein Fahrzeug haben wir nicht gefunden. Folgende Tatsachen rechtfertigen den dringenden Tatverdacht, auf den der Richter seinen Haftbefehl gestützt hat, erstens: Abels Visitenkarte ist bei der Leiche gefunden worden. Reissler hat die Karte von Abel bekommen, als er ihn wegen seiner Erbschaftsgeschichte aufgesucht hatte. Abel war der letzte nachweisliche Kontakt, den Reissler hatte.«

»Und der von Paloff«, warf Riebele ein, um Recht zu haben. Von wegen dienstgeil. Man rackert sich ab, und dann so ein Spruch!

Unbeeindruckt Watrin: »Im Gegensatz zu Abel hat Paloff ein Alibi. Er hat ein Seminar gehalten. Vierzehn Zeugen. Weiter: Zwischen mutmaßlichem Täter und

Opfer bestand also vor der Tat Kontakt. Zweitens: Abel hat nach seiner eigenen Aussage von Reissler tausend Mark erhalten. Ihm war bekannt, daß Reissler erheblich mehr Bargeld hatte. Abel hat Schulden, ist beschäftigungslos, abgebrochene Ausbildung. Er hat also keine persönliche Perspektive. Er lebt von der Hand in den Mund. Da taucht plötzlich eine Gelegenheit auf, schnell an Geld zu kommen. Das Opfer kommt aus Südamerika, und zwar diskret, um einen Verwandten nachzuspüren. Nur der Freund weiß von der Anwesenheit des Mannes. Hätte er nicht die Visitenkarte vergessen, wäre Reissler genauso plötzlich und diskret verschwunden, wie er gekommen war. Basta.« Watrin ließ die flache Hand auf den Schreibtisch fallen.

»Er hatte aber gleich tausend Mark bekommen«, wendete Riebele ein, der sich auf einen der Holzstühle niedergelassen hatte und mit Renitenz den Gedankengängen seines Vorgesetzten folgte.

»Richtig«, gab Watrin zu, »es muß ja nicht unbedingt so gewesen sein, daß Abel aus einer aktuellen Zwangssituation heraus gehandelt hat; Gelegenheit macht bekanntlich Diebe, vielleicht auch Mörder? Das Motiv ist doch sonnenklar: Habgier einer arbeitsscheuen Existenz.«

Riebele dachte, das ist Nazijargon, hütete sich aber, eine Bemerkung fallen zu lassen.

»Drittens«, sagte Watrin und spreizte die Finger der linken Hand weit auseinander. Mit dem Zeigefinger der rechten deutete er auf seinen Mittelfinger, »drittens, die Begehungsweise. Abel schimpft sich Privatdetektiv; er hat Jura studiert, er ist also in gewissem Maße sachkundig und sicher auch intelligent und gerissen. Die Tat ist umsichtig ausgeführt worden. Der Täter hat versucht sämtliche Spuren zu verwischen. Die Etiketten fehlen in den

Kleidern, die Leiche war – ohne die Visitenkarte – fast unidentifizierbar. Und die Schuhe des Opfers – immer ein wichtiger Anhaltspunkt für das Labor – fehlten vollständig. Daß er beim ersten Verhör sofort den Namen Reissler genannt hat, zeigt, wie clever er ist; was er nicht leugnen kann, gibt er sofort zu, ansonsten legt er Nebelbänke.«

»Die Schuhe haben wir ja jetzt«, knurrte Riebele.

»Ja, obwohl der clevere Beamte Riebele bei der ersten Haussuchung den Keller einer Nachbarin gefilzt hat, die ihn nicht abgeschlossen hat«, bestätigte Watrin ungerührt.

»Aber der clevere Beamte Riebele hat die Schuhe und die Plastikplane heute morgen doch noch im richtigen Keller gefunden.«

»Großer Meister«, belehrte ihn Watrin, »das war nicht Ihr Verdienst, sondern Ihr Glück!«

»Wenn man will, kann man alles verdrehen.«

»Sie sollten mehr Einsicht in Ihre Fehler zeigen, Riebele. Gut, aber zur Sache. Viertens die neuen Beweise: Im Keller des Beschuldigten Abel werden bei einer zweiten Haussuchung, die wegen der Nachlässigkeit des Kriminalhauptmeisters Riebele nötig war, ein Paar Schuhe und eine Plastikplane gefunden. Die Schuhe können aufgrund von Schweißproben und Faserproben der Socken des Toten als dessen Schuhe identifiziert werden. In der Plastikplane findet das Labor Blutspuren, die mit dem Blut des Toten übereinstimmen. Aus der Untersuchung des Fundortes der Leiche und seiner Umgebung wissen wir, daß Reissler nicht in der Nähe umgebracht wurde. Die Leiche muß somit über eine längere Strecke transportiert worden sein. Bei Abel kommt als Transportmittel nur sein Auto in Betracht. Wenn Abel aber vorher die Leiche in eine Plastikplane gewickelt hat, dann werden wir im Auto auch kaum Spuren finden.«

Der Kommissar sah Riebele schräg an.

»Trotzdem hätte ich mir mal den Citroën gerne angesehen – aber damit ist Abel ja verschwunden ... Und fünftens«, Watrin zeigt auf den kleinen Finger, »hat der Beschuldigte kein Alibi. Es ergibt sich somit folgendes Bild: Abel hat die Tötung des Reissler kaltblütig geplant. Er hat ihn, wie jetzt feststeht, im Hotel angerufen und hat ihn unter dem Vorwand, neue Informationen zu besitzen, zu einem Treffpunkt gelockt. Wahrscheinlich hat er ihn sogar vom Hotel abgeholt, auch wenn das keinem aufgefallen ist. Im Kofferraum hat er schon die Plastikplane mit sich geführt. Dann fährt er das Opfer an einen stillen Platz – vielleicht unter dem Vorwand, ihm etwas zeigen zu wollen. Dort knallt er sein Opfer ab, reißt die Etiketten aus den Kleidern, nimmt dem Toten alles ab, was er besitzt – vor allem aber das Geld. Bloß eines vergißt er: die Visitenkarte in der kleinen Tasche am Jackett. Das kann im Streß vorkommen. Dann wickelt er den Toten in die Plane und bringt ihn zu dem späteren Fundort. Die Etiketten und die persönlichen Dinge des Toten vernichtet er, nur die größeren Gegenstände, die Plastikplane und die Schuhe, will er später beiseite schaffen und bewahrt sie vorläufig im Keller auf.

»Ich halte den für nicht so unvorsichtig«, provozierte Riebele.

»Hat er nicht auch die Visitenkarte übersehen?«

»Was zu beweisen wäre.«

Der Kommissar lachte unfroh und sprach weiter zu sich: »Wesentlich ist schließlich noch, daß er davon ausgehen konnte, daß man erst nach längerer Zeit die Leiche identifizieren würde und daß er meinte, sich daher Zeit lassen zu können. Das erklärt die Sorglosigkeit, mit der er die Plane und die Schuhe verwahrt hat.«

Die beiden schwiegen.

»Paßt alles ganz genau zusammen, Chef«, Riebele lenkte ein und grinste schief.

»Tja, einen Fehler macht jeder, auch der studierte Herr Abel«, sagte Watrin verächtlich.

»Es ist schon fast Mitternacht«, Riebele hielt die Situation für reif, nochmals auf sein Schlafbedürfnis hinzuweisen.

»Und Sie haben morgen um Punkt sechs wieder Dienst.« Watrin stand auf.

»Es ist Sonntag und meine Frau ...« Das klang schon verzweifelt, prallte aber an Watrin ab.

»Dann lösen Sie nämlich den Kollegen Nowotny in Abels Wohnung ab.« Mit einem frohen Lächeln verabschiedete der Kommissar seinen müden und ausgebrannten Mitarbeiter Riebele.

Einen milden Novembertag in der Nähe von Romanshorn auf der Schweizer Seite des Bodensees zu verbringen wäre eine schöne Sache gewesen, wenn Abel gewußt hätte, wie es weitergehen soll. Das versuchte er vergeblich bei einem langen Uferspaziergang zu klären. Dann beschloß er zu verdrängen, was er vorzüglich beherrschte, und gönnte sich von den restlichen Schweizerfranken ein gutes Menü, das er Bissen für Bissen genoß, und dabei sah er den späten Seglern zu, die über die dunstige Wasserfläche streiften.

Seine Siesta nahm er im von der Herbstsonne erwärmten Wagen. Und als er aufwachte, weil die Kühle des Nachmittags durch alle Ritzen des alten Fahrzeuges hereinkroch, beschloß er, den Stier bei den Hörnern zu packen. Also auf, zurück nach good old Germany.

Das Fahndungsersuchen der Stuttgarter Dienststelle war am Freitag abend per Telex durchgekommen und lag inzwischen unter neueren Meldungen in einem abgeschabten Aktenkorb bei der Grenzpolizei in Lindau. Im Mittagsverkehr hatte sich eine Schlange von etwa dreihundert Meter Länge vor dem deutschen Zoll gebildet. Abel stand in diesem Stau. Er hatte ein flaues Gefühl im Magen. Den Umweg über Lindau hatte er extra gewählt, weil er nicht ausschließen konnte, daß die Polizei ihn in Zürich oder auf dem Weg dorthin vermutete. Es war immerhin möglich, daß man annahm, daß er auf eigene Faust versuchen würde, seine Theorie von der Täterschaft Haussmanns vor Ort in der Schweiz zu untermauern.

Abel beobachtete die Grenzer mit wachem Unbehagen. Er stellte fest, daß sie jeden dritten oder vierten Wagen genauer kontrollierten, die anderen Fahrzeuge jedoch durchwinkten.

Er rauchte – gegen seine sonstige Gewohnheit – nervös eine Zigarette, die er im Handschuhfach gefunden hatte. Erst kurz vor dem Brückchen, das von Österreich nach Deutschland führt, fiel ihm ein, daß er total vergessen hatte, die falschen Nummernschilder wieder anzubringen. Der Schreck jagte ihm eine Gänsehaut über Arme und Rücken. Er drehte sich um und legte den Rückwärtsgang ein, doch er war eingeklemmt. Abel saß im Niemandsland fest.

Zögernd rückte die Kolonne zum deutschen Zoll vor. Wagen um Wagen wurde abgefertigt. Drei Fahrzeuge vor Abel kontrollierten die Polizisten einen Opel mit Dachträger und einer Menge Gepäck. Der Grenzer ging um den Opel herum und verglich das Nummernschild des Autos mit einem Papier, das er in der Hand hielt; dann dirigierte er den Wagen auf die Seite.

Abels Vordermänner wurden durchgewunken. Der Qualm im Wageninneren biß in Abels Augen; auf seiner

Stirn bildeten sich kleine Schweißperlen. Jetzt war er an der Reihe. Einer der zwei Grenzer machte mit der rechten Hand eine Geste, die »Anhalten!« bedeutete. Abels Fuß sprang auf das Gaspedal. Bevor er jedoch zutreten konnte, stieß der Opel mit dem Gepäckständer vor der Schnauze seines Citroën zurück: blockiert!

Abels Fahrzeug rollte noch einen Meter, bevor er bremste. Er kurbelte die Scheibe herunter.

»Bleiben S' halt auch stehen«, sagte der Beamte, der ihn angehalten hatte, unwirsch, weil er Abel zwei Schritte nachlaufen mußte.

»Entschuldigung«, sagte Abel heiser und hielt dem Polizisten seinen Personalausweis entgegen, in dem dick und fett sein Name stand, derselbe Name wie auf dem Fahndungsersuchen im Ablagekorb.

»Ham S' was anzumelden?« fragte der Grenzer und blätterte nach dem Ausstellungsdatum in dem Ausweis. Der Name interessierte ihn nicht. Abel hatte genau achtzehn Zigaretten bei sich, dennoch log er: »Zweihundert Zigaretten.«

»Nit mehr?« wollte der Beamte wissen.

»Nein.«

»Is gut, rauchen S' halt nit so viel.« Der Polizist gab den Ausweis zurück und winkte Abel weiter.

Der fuhr langsam an und spürte sein Herz am Hals klopfen. Unwillkürlich duckte er sich hinter das Steuer, denn er erwartete einen Pfiff oder ein Martinshorn. Breit und deutlich stand S-AU 2525 an seinem Heck zu lesen, eine Nummer, sie sich jeder merken konnte.

Doch der Polizist fragte schon den übernächsten, ob er etwas anzumelden habe. Abels Hintermann war durchgewunken worden und fuhr dicht hinter ihm.

Auf Schleichwegen näherte sich Abel dem Albabstieg vor Stuttgart. Er vermied die häufig befahrene Hohenauer Steige und wich über Genkingen aus, ein Dorf, von dem ein schmales Sträßchen in umständlichen Windungen durch den Wald ins Tal kroch. Er fuhr gegen seine sonstigen Gewohnheiten vorsichtig und langsam und vermied es aufzufallen. Er passierte Gomaringen, bog dort nach Stockach ab und trödelte weiter über ein paar Dörfer, bis er oberhalb von Tübingen die vierspurige Schnellstraße erreichte. Vom Scheitel der Straße konnte man das Städtchen zwischen den kurzen Bergen in der Dämmerung hocken sehen.

»Richtig, mein Sohn«, sagte Abel zu sich selbst und gab Gas, obwohl die Geschwindigkeit hier auf siebzig Stundenkilometer begrenzt war. Ihm war eingefallen, daß er eigentlich nicht nach Stuttgart mußte, keiner zwang ihn dazu. Tübingen war ein perfekter Unterschlupf, Abel hatte hier studiert und viele Jahre gelebt. Er kannte jeden Winkel, die Kneipen, jeden Wald in der Umgebung, viele Zimmer in den Studentenwohnheimen – und das Wichtigste war: Er hatte immer noch einige alte Kumpel, die ihn irgendwo unterbringen konnten.

Abel mußte lange durch die Gassen der Stadt kurven, bevor er einen Parkplatz fand, auf dem man parken durfte, ohne von den neumodischen Verkehrssheriffs aufgeschrieben zu werden. Denn auffallen wollte er nicht. Er schlenderte die Haaggasse hoch zum Marktplatz, bog um die Ecke und stieg die drei abgewetzten Stufen zum Boulanger, seiner alten Stammkneipe, hinauf.

Um diese Zeit hockten nur wenige hartnäckige Stammgäste auf den schiefen Holzstühlen an der hinteren Wand. Keiner drehte den Kopf nach Abel. Der Würfelbecher – schwarz und zerknüllt vom Schweiß vieler Hände – stand zwischen den Bierhumpen mitten auf dem Tisch. Einer rechnete laut. Abel sah mit dem ersten

Blick, es wurde »Chicago« gespielt. Er trat an den Tisch und legte seine Hand einem dürren Blonden auf die Schulter.

Der schaute über die Schulter, glotzte Abel kurz aus seinen roten Augen an, dann schrie er: »Mensch, der Elsässer!«

Die anderen brüllten auf. Einer hieb mit der flachen Hand auf den Tisch, daß die Gläser tanzten.

»Der alte Säufer! Juristenkopp was machste so? Geht's noch?«

Abel lachte und rief über die Köpfe hinweg zur Theke hin: »Else, Schnaps für alle!«

Die Bedienung schielte aus der Küche, erkannte Abel und kam mit ausgebreiteten Armen auf ihn zu.

»Der Elsässer! Wieder im Land?«

»Klar«, sagte Abel fest, dann fügte er schnell hinzu: »Bleibt aber unter uns, mein Schatz, da gibt's ein paar Typen, die brauchen das nicht zu wissen.«

Else legte beschwörend den Zeigefinger auf seine Lippen und zwinkerte konspirativ.

»Geht schon klar, Elsässer. Du kennst mich doch!«

Abel drehte sich zu dem Blonden um, der fast zwei Köpfe kleiner war als der Detektiv. Er griff an dessen Gürtel, nahm die Bierzipfel der Verbindung, die der Blonde dort trug, in die Hand und wog sie anerkennend. »Schöne Leistung«, lobte er, »immer noch die alte reaktionäre Sau?«

»Scheiß Weltrevolution«, sagte der Blonde gutmütig. »Wenn du so weitermachst, verpennst du den Tag, an dem eure rote Sonne aufgeht.«

Abel lachte laut und warf den Kopf in den Nacken. An die Weltrevolution hatte er schon lange nicht mehr gedacht. Er zog mit raschem Griff einen Stuhl vom Nachbartisch bei, schob ihn unter seinen Hinteren und beugte sich mit den anderen über das Spiel. Der Schnaps kam, man hob die Gläser, ein obszöner Trinkspruch wurde Abel zum Willkommen ausgebracht. Und dann runter mit dem Zeug.

Dann gingen die Köpfe wieder zusammen, die nächste Runde und damit auch eine weitere Lage Bier waren zu bewältigen.

»Chicago, Chicago, you'll bringin' me down ...«, sang einer mit krusseligen Haaren, der Abel gegenübersaß.

Nach vielen Würfelrunden und ebenso vielen Humpen Bier machten die Spieler eine Pause, um Leberkäse mit Spätzle und Soße zu vertilgen. Inzwischen hatte sich die Kneipe mit Studenten gefüllt. Meist ältere Semester. Die Restmannschaft aus den besseren 68er Tagen trug wallende Bärte und schulterlanges Haar. Die wenigen Mädchen, die sie bei sich hatten, sahen aus wie Groupies von Greatful Dead. Das Gebrüll, mit dem die Runde einen guten Wurf zu begleiten pflegte, ging nach und nach im Lärm an den anderen Tischen unter.

Sonntag, 18. November

Als Else gegen drei Uhr morgens begann, die Stühle auf den Tisch zu stellen, lag einer von ihnen schon zwei Stunden auf der Bank an der Wand. Er schlief. Ein Arm hing regungslos herab. Speichel floß aus seinem Mundwinkel und tropfte auf das durchgewetzte Sitzkissen. Über dem Tisch in der hinteren Ecke hingen Tabaksqualm und Bierdunst. Die Biere für den Schlafenden standen in einer Reihe wie Verbindungsstudenten beim Kommers. Der Schaum war zusammengefallen. Hin und wieder brüllte die Gesellschaft wie aus einem Munde auf.

Else stieß dem Schläfer, der mit Spitznamen Knaddler hieß, einen Besenstiel in die Seite: »Schluß jetzt!«

»Nix is mit Schluß«, sagte Abel, ohne sich umzudrehen.

»Doch, Schluß is, Elsässer«, beharrte Else. Sie schob die Sitzfläche des einzigen freien Stuhls am Tisch, auf dem der Schläfer gesessen hatte, vorsichtig in die Gläser hinein.

»Hau ab, mein Schatz«, brummte der Blonde und nahm den Stuhl mit der linken Hand wieder herunter.

»Aber nur noch das eine«, sagte Else resigniert und brachte wieder sechs Bier an den Tisch.

Es war kurz vor vier, als man das Boulanger verließ. Zwischen Abel und dem Krusselhaarigen hing der Knaddler, den die beiden von der Bank hochgezerrt und mit schleifenden Beinen über die drei Stufen gebracht hatten.

»Ist bei euch auf dem Haus noch eine Pofe frei?« fragte Abel mit schleppender Stimme den Blonden, der mit dem Rücken an der Mauer lehnte.

Der holte mit der Rechten weit aus und fuhr mit einem Streich durch die Luft, der ihn fast umgehauen hätte.

»Schtif.. ungsfescht«, lallte er, »alles dicht.« Er rülpste, daß es von der Mauer hinter dem Kollegiumsgärtlein widerhallte.

»Und bei dir auf der Bude?« Abel zeigte mit dem Finger in weitem Bogen auf den Krusselhaarigen neben sich.

»Läuft nix, die Frau ist da und will noch begattet werden«, fügte er großmäulig hinzu. Er lallte etwas von morgendlichen Potenzschüben.

»Es wird ja bald Tag«, sagte Abel und setzte sich in Bewegung. Er zog Knaddler und den Krusselhaarigen in weiten Schlangenlinien mit sich.

Zwei Ecken weiter hielt der Zug an, weil der Schläfer aus seiner Betäubung erwacht war und würgte. Der Krusselhaarige packte ihn bei den Schultern. Abel stellte sich geübt dahinter, hielt den Kopf des Kumpanen und drückte ihm barmherzig den Leib, während dieser sich in mehreren Krämpfen erbrach.

»So isch recht«, sagte Abel, der selten in den Dialekt seiner Heimat verfiel, »das Kälbel, wo sauft, muß au kotze.«

Schräg vor ihm würgte nun auch der Krusselhaarige.

Bald danach zogen sie weiter. Arm in Arm torkelten sie auf den engen Gehsteigen zwischen den abgestellten Wagen und der Mauer entlang. In einer Seitengasse hielten sie vor einem der schiefen Häuser an. Knaddler, der jetzt wieder einigermaßen aus den Augen sehen konnte, grub in seinen Hosentaschen nach dem Schlüssel. Der Krusselhaarige schlug Abel auf die Schultern und brüllte, daß er jetzt heimfahre.

Abel hieb seinerseits dem anderen zwischen die Schulterblätter und wünschte gute Fahrt. Breitbeinig verzog sich der Krusselhaarige und bestieg nicht weit von dem Haus einen dunkelgrünen 2 CV, mit dem er in großzügigen Schwüngen ausparkte und gemächlich, ohne Licht davonfuhr.

»Wie ist's bei dir, Knaddler?« fragte Abel seinen Kumpanen, der immer noch in den Taschen wühlte.

»Was?«

»Kann ich bei dir pennen?«

»Geht nicht, nur ein Bett«, brummte Knaddler, dann zeigte er an der Fassade hoch, dahin, wo noch ein Licht brannte.

»Aber beim Ahmed bestimmt.«

»Gut!« Abel betrat mit seinem alten Freund das Haus, und die beiden polterten im Dunkeln die winkelige Treppe hinauf.

Knaddler bog in einen Flur, ohne ein Wort zu sagen. Abel hielt sich am Geländer fest und suchte nach einem Lichtschein in der Dunkelheit. Die Studentenbuden lagen in diesem alten Fachwerkhaus Tür an Tür. Man teilte sich zu mehreren eine Küche, die Toilette, zwei Duschen. Jeder kannte jeden. Man brauchte dicke Nerven, um in solch einer zusammengewürfelten Gesellschaft zu leben.

Abel hatte auch so etwas hinter sich. Wo Ahmed wohnte, wußte er. Ahmed schien überhaupt keine Nerven zu besitzen.

Eine Treppe weiter sah er unter einer Tür einen schimmernden Spalt. Vorsichtig tappte er drauf zu. Er tastete nach der Klinke und drückte sie leise herunter. In dem geräumigen Zimmer roch es süßlich nach Orienttabak.

Im Lichtkegel einer Leselampe saß ein Mann mit dem Rücken zur Tür. Abel trat ein.

»Bon soir, Ahmed, comment tu va?« fragte er ruhig.

Der Mann blieb regungslos sitzen und starrte weiter in ein aufgeschlagenes Buch. »Guten Abend, Elsässer«, antwortete er mit französischem Akzent.

Abel ging auf den Tisch zu, an dem der Mann saß. Der las ruhig einen Absatz fertig, machte sich eine Notiz auf einem der vielen Blätter, die um ihn herum verstreut lagen.

Dann blickte er auf. »Probleme?«

»Kann ich bei dir ein paar Stunden schlafen?« fragte Abel.

»Wenn es dich nicht stört, daß ich lese.«

Abel mußte sich an dem Stuhl für einen kurzen Augenblick festhalten, bevor er erleichtert den Kopf schütteln konnte.

»Nur eins«, bat er, »mach kurz das Fenster auf.«

»Daß du dich nicht an den Rauch einer guten Zigarette gewöhnen kannst«, sagte Ahmed lächelnd und öffnete einen Flügel des Fensters.

Abel erwachte von dem Dröhnen der Glocken der nahen Stiftskirche. Sonntagmittag. Sein schwerer Rausch war noch nicht verflogen. Beim ersten Schritt sank er beinahe um. Er mußte sich für einige Sekunden an dem Schrank festklammern, bevor er weitergehen konnte.

Die Stube war leer. Ahmed hatte seine Bücher und Notizzettel liegenlassen. Auf einem Blatt stand in großen Buchstaben: »Bin in der ›Forelle‹.« Abel wusch sich mühsam und suchte dann nach etwas Trinkbarem. Sprudel, Limonade, egal, aber er fand nichts. Mit Widerwillen trank er das Wasser aus der Leitung.

Abel öffnete das Fenster. In dem Augenblick sah er den Mann, der schräg vor dem Haus stand und sich langweilte. Abel beschloß, vorsichtig zu sein und den Mann zu beobachten. Er trat zwei Schritte zurück.

Nach einiger Zeit, es war schon nach halb eins, wurde Abel klar, daß der Mann ganz offensichtlich das Haus, in dem Ahmeds Zimmer sich befand, überwachte. Unruhig ging der Detektiv auf und ab. Von Zeit zu Zeit schaute er wieder hinunter auf die Straße – der Mann stand immer noch am selben Fleck und behielt die Tür im Auge.

Abel legte sich wieder zurück in Ahmeds Bett und kämpfte gegen die postalkoholische Übelkeit an.

Als der Mann draußen gegen zwei immer noch auf dem Posten war, verließ Abel leise die Studentenbude. Er war davon überzeugt, daß die Observation ihm galt.

Eine Treppe tiefer ging er vorsichtig in den Flur, in dem am frühen Morgen der Knaddler verschwunden war. Er suchte an den Türschildern, bis er den Namen Oslowski las. So hieß der Knaddler mit bürgerlichem Namen. Abel klopfte an die Tür.

Halblaut rief er: »Knaddler!«

Schließlich hörte er ein Stöhnen und Ächzen. Dann tappende Schritte. Die Tür öffnete sich zu einem schmalen Spalt. Das hagere Gesicht mit tiefen Rändern unter roten Augen gähnte breit. »Du?« fragte Knaddler.

Abel stieß die Tür auf und trat ein. Hinter ihm stand sein Freund in Hemd und Hose, so wie er ins Bett gefallen war. Seine langen Haare hingen ins Gesicht. Er gähnte. Schweigsam suchte Abel die Schränke in dem engen Zimmer durch, bis er in einer Lade eine halbvolle Flasche mit billigem Whisky fand. Er schraubte den Deckel ab, setzte die Flasche an den Mund und trank einen Schluck. Knaddler stand immer noch am selben Fleck und beobachtete Abel fassungslos.

»Toll«, krächzte er anerkennend, »so was bringe ich nicht fertig.« Dann mußte er husten.

»Gut gegen den Kater, gut gegen die Kälte«, sagte Abel und verzog das Gesicht.

Knaddler schlurfte zu seinem Bett zurück und legte sich auf die Decke. Vorsichtig drehte er den Kopf.

»Draußen auf der Straße steht ein Typ, der beobachtet eure Hütte«, sagte Abel beiläufig.

»Ist mir noch nicht aufgefallen.«

»Doch, bestimmt«, Abel beobachtete durch die Vorhänge den Garten auf der Hinterseite des Hauses. Dort stand keiner.

»Wie kommt man bei euch hinten raus?«

»Durch den Keller, da ist eine Tür«, antwortete Knaddler schläfrig.

»Tschüs«, Abel stellte die Schnapsflasche zurück und verschwand. Knaddler bemerkte das nicht mehr, denn er schlief schon wieder.

Vorsichtig überwand Abel die knarrenden Stufen. Er

rechnete damit, daß auch im Hausflur ein Beobachtungsposten stand. Jeden Augenblick wartete er darauf, daß eine Tür aufflog und jemand auf ihn zustürzen würde. Doch es blieb ruhig.

Abel schlich sich durch die nassen Sträucher im Garten, schwang sich auf die Mauer und ließ sich von dort in einen anderen Garten hinunter. Nachdem er zwei weitere Mauern überwunden hatte, gelangte er in einen Hof. In der Einfahrt blieb er stehen, klopfte seine Kleider aus, sondierte vorsichtig den kleinen Platz und ging dann zügig bergauf in Richtung Forelle.

Er fand Ahmed an einem der vorderen Tische zwischen anderen Studenten. Ahmed stach schon vom Äußeren her von seinen Kommilitonen ab. Wie Abel trug er einen korrekten, wenn auch zerschlissenen Anzug mit Krawatte, die schwarzen Haare waren kurz geschnitten und präzise gescheitelt. Lediglich das zierliche Bärtchen auf der Oberlippe milderte den strengen Eindruck der Erscheinung.

Ahmed kam aus Teheran. Er war der Sproß einer alten Adelssippe, in der Nähe von Genf in einem Internat erzogen. Seine Familie hatte ihn freilich später verstoßen, denn Ahmed war als Student ein führender Kämpfer gegen den Schah geworden. Er mußte fliehen. Man hatte ihn in seiner Heimat unter dem alten Regime in Abwesenheit verurteilt – zum Tode, wie man munkelte. Ein Umstand, der damals seine einflußreiche Familie in gewisse Schwierigkeiten brachte.

Als man schließlich den Schah und seine Günstlinge aus dem Land gejagt hatte, war ein Onkel von ihm unter den ersten Generälen gewesen, die auf einem Gefängnishof von Exekutionskommandos des Ayatollah erschossen worden waren.

Ahmed war wenig später in seine Heimat zurückgekehrt, freilich ohne dort seine Familie zu treffen; denn die meisten Verwandten waren geflohen oder untergetaucht. Einige Wochen später kam er nach Tübingen. Keiner erfuhr, warum er sich nicht einer der unzähligen revolutionären Gruppen angeschlossen hatte – denen, die ihn besser kannten, fiel aber auf, daß er nur noch sehr selten über die Zustände in seinem Land sprach.

Ahmed lebte seit über zehn Jahren in Westeuropa, hatte an renommierten Universitäten, unter anderem an der Sorbonne, studiert und schließlich in Tübingen mit dem Diplomexamen abgeschlossen. Augenblicklich promovierte er über ein klassenkämpferisches Thema, wofür er allerdings an der Tübinger Universität keinen Doktorvater gefunden hatte.

Nun saß er am Tisch über den Resten seines Mittagessens und dozierte den aufmerksam zuhörenden Kommilitonen über die Mehrwerttheorie. Er sprach langsam und deutlich, in Grammatik und Syntax korrekt, jedoch mit dem wiegenden Akzent der Franzosen.

Als Abel an den Tisch trat, stach er mit der Gabel in die Luft und sagte: »Das ist es, woran sich der Kapitalist bereichert!«

Die Studenten nickten und schauten zu Abel hinüber.

»Und das ist der Elsässer«, erklärte er und lächelte freundlich, »er hat lange hier gelebt und mit uns zusammen gekämpft.« Abel mußte der Gabel ausweichen, die auf ihn zugeschossen kam.

»Setz dich, du brauchst etwas zu essen.«

Abel drückte sich neben die anderen auf eine Bank an der Wand. Ahmed rief die Bedienung.

»Laß, ich habe Geld«, Abel griff nach der Karte, doch sein Freund hatte schon bestellt. Widerstand gegen die Hilfsbereitschaft des Iraners war zwecklos.

Während Abel schweigsam aß, dozierte Ahmed weiter und breitete mit präzisen Gedankengängen seine

Theorie vor den Zuhörern aus. Erst lange, nachdem Abel fertig gegessen hatte, löste sich der Kreis auf.

»Danke dir«, sagte Abel.

»Wofür?« Die Frage war ohne Koketterie gestellt, nur verwundert.

»Okay.« Abel wußte, daß jedes weitere Wort Zeitverschwendung war.

»Hast du den Mann vor deinem Haus gesehen?« Abel kam zur Sache.

»Den Mann auf der anderen Straßenseite?«

»Ja, den.«

»Sicher, ich habe ihn gesehen, ich kenne ihn gut, er bewacht mich jeden zweiten Tag.«

»Du wirst überwacht? Warum?«

»Nun, früher wegen Seiner Majestät.« Ahmed lächelte spöttisch. »Um den Schah vor mir zu schützen.«

»Und heute?«

»Oh, heute genügt es, Ausländer und links zu sein.«

Abel lachte. »Und warum sitzt unser Freund nicht am Nachbartisch?«

»Er ist unbelehrbar«, schmunzelte der Iraner, »ich habe schon häufig versucht, mit ihm zu sprechen, wenn er mir auf der Straße gefolgt ist, aber er darf mir anscheinend nicht zuhören. Aber du kennst mich. Er hat zunächst nicht zugegeben, daß er mich überwacht, schließlich hat er mir gesagt, daß er eine Frau hat und drei Kinder und daß ich nicht mit ihm sprechen soll, weil er im Dienst ist. So seid ihr Deutschen«, fuhr Ahmed fort, »erst bringt ihr Leute wie Marx, Hegel und Engels hervor, Schiller und Brecht, und dann müßt ihr um eure Existenz fürchten, wenn ihr bloß mit einem Ausländer sprecht.«

»Die Polizei und ihre Mentalität ist international«, sagte Abel.

»Das ist wahr.«

»Ich dachte schon, der wäre meinetwegen auf dem Posten.«

»Du wieder?« fragte Ahmed.

»Nein, diesmal nichts Politisches.«

»Sondern?«

»Ich stehe unter Mordverdacht.« Abel schaute seinem Freund gerade in die Augen.

»Und was ist dran?«

»Nichts!«

»Das ist gut.« Der Iraner senkte den Blick, die Sache war erledigt.

»Ich kann im Augenblick nicht zurück in meine Wohnung nach Stuttgart«, sagte Abel. »Ich muß für ein paar Tage hier untertauchen.«

»Du kannst bei mir bleiben«, Ahmed drehte einen Schlüssel von seinem Schlüsselring, »da, und vor dem Bullen brauchst du keine Angst zu haben, der wartet nur auf mich, andere interessieren ihn von Amts wegen nicht, auch wenn sie unzählige Menschen auf dem Gewissen haben, wie Seine Majestät und andere.«

Er legte den Schlüssel vor Abel auf den Tisch.

»Du brauchst also nicht wieder über die Mauer – wie ich«, Ahmeds Blick glitt an Abels Anzug hinunter.

Aus der Küche roch es lecker nach Kalbschulter mit schwarzen und weißen Trüffeln. Die Haussmanns essen sonntags erst gegen halb zwei. Wolf, der Familienanwalt, war eingeladen. Dr. Wolf telefonierte mit Zürich.

»Ja, Haftbefehl liegt gegen ihn vor«, sagte er streng, dann nach einer Weile: »Nein, er wird versuchen, an meinen Mandanten heranzukommen.«

Er schwieg eine Weile und hörte ruhig zu. In einen Sessel versunken studierte ihn Carl Haussmann. Er war fast sechzig Jahre alt, untersetzt, hatte einen kugeligen Bauch und trug eine massive Hornbrille mit dicken Gläsern. Sein Gesicht war das eines Hochdruckpatienten. Geplatzte Äderchen auf den Wangen ließen ihn gesünder erscheinen, als er sich fühlte. Ein Glas mit einem alkoholfreien Aperitif drehte er in den Händen und hörte genau zu.

»Doch, es ist nötig, Kommissär«, beharrte er. »Interpol schreibt ihn schon zur Fahndung aus, weil dringender Mordverdacht besteht.«

Wieder eine Pause.

»Sie wissen doch selbst, Kommissär, wie die internationalen Behörden arbeiten ...«

Sein Gesprächspartner schien sich nicht überzeugen zu lassen. »Ich sage doch: eine Sache von nationalem Interesse für die Schweiz. Immerhin wurde mein Mandant telefonisch von ihm bedroht. Das Tonband aus dem Anrufbeantworter liegt vor.«

Und kurz darauf: »Der Nationalrat selbst hat Ihnen doch bestätigt, daß Herr Haussmann ...«

Nach einer Weile: »Also doch!« Er war erleichtert.

Nach einigen höflichen Bemerkungen legte er auf.

»Altes, stures Rindvieh«, brummte er dabei.

»Was ist jetzt?« fragte Haussmann, der ihm gegenübersaß.

»Sie wollen ihn suchen.«

»Meinen Sie, daß der Mensch auch gegen andere gewalttätig wird?« fragte Haussmann.

»Man kann nie wissen«, der Anwalt zuckte mit den Schultern. Er sah an Haussmann vorbei aus dem Fenster. Haussmann wischte sich den Schweiß von der Stirn.

»Die Beamten haben in seinem Keller einen Plastiksack voller Blutspuren von Ihrem toten Vetter gefunden und daneben noch seine Schuhe, die man vor allem gesucht hatte. Nun liegt der Fall klar.«

»Trotzdem, so lange er frei herumläuft ... Und außerdem«, Haussmann war immer noch nicht überzeugt, »Sie wissen doch, es geht mir nicht um den Mord, das wäre absurd, mich damit in Verbindung zu bringen«, fast lächelte er, »aber er wird doch in seinem Prozeß wieder versuchen, mich zu belasten. Und zwar auf der Basis seiner Beschuldigungen wegen des Erbfalles.«

»Ja, und exakt da liegt das Problem, Herr Haussmann.« Der Anwalt nickte. Haussmann schaute ängstlich zu seinem Advokaten hinüber. »Mich hat er ja auch schon aufgesucht ...«

»Was?« Der Hausherr fuhr von seinem Sessel hoch.

»Keine Angst«, der Anwalt hob beschwörend die Hand, »ich habe ihn schon von der Spur abgebracht. Er ist ein Versager, den man leicht in den Griff bekommt.« Er lächelte überlegen.

Haussmann ließ sich erleichtert zurücksinken, denn er hatte fast unbegrenztes Vertrauen zu Wolf.

»Rein buchtechnisch geht die Sache in Ordnung«, sinnierte dieser, »das haben wir lang und breit durchgesprochen, das wissen Sie. Und die Bücher und Register sind das Wichtigste. Alles andere zählt nicht, wenn man keine Rückschlüsse aus den Daten der Transaktionen auf die Abfindung von Reissler zieht...«

»Wozu soll man auch einem hergelaufenen Rechtsradikalen aus Südamerika ein Vermögen in den Rachen werfen, für das er nicht gearbeitet hat. Sein Vater hat damals die ›Plutokratie‹ bekämpft, ich weiß es noch genau, und dann kommt der Sohn und will sich ins gemachte Bett legen.« Entrüstet beschwor Haussmann die Solidarität der Demokraten gegen den Radikalismus.

Wolf nickte abwesend. »So gesehen, ist es ein Segen, daß dieser Abel Ihren Vetter umgebracht hat. Er hatte keine weiteren Angehörigen. Nun wird nie wieder jemand unangenehme Fragen stellen.«

»Es sei denn, die Polizei, wenn Abel darauf beharrt.«

»Es fragt sich, ob der Mann zu kaufen wäre?« begann der Anwalt vorsichtig.

»Aber das wird doch die alte Geschichte«, wehrte Haussmann ab. »Erst verlangt er eine kleine Summe, sie wird verpulvert, dann eine größere Summe und so fort und so fort, bis schließlich nichts mehr da ist!«

»Nein, nein«, der Anwalt lächelte zu Haussmann hinüber, »eine einmalige Zahlung – aber nur gegen Sicherheit, wie es unter Geschäftsleuten üblich ist.«

»Und wie stellen Sie sich die Sicherheiten vor, die uns dieser Mensch geben kann?« fragte Haussmann. Es war schon eine gehörige Portion Verachtung dabei, wie er das Wort Mensch aussprach.

»Ein Geständnis, beispielsweise.« Der Anwalt malte auf einen Telefonzettel Ornamente.

»Ich bitte Sie, Wolf, die Polizei findet ihn nicht, und Sie wollen ihn aufspüren und dazu noch zu einem Geständnis überreden; machen Sie sich doch nicht lächerlich.« Er winkte ab und fuhr sich wieder mit dem Taschentuch über die Stirn.

»Money makes the world go round«, der Anwalt rieb Zeigefinger und Daumen aneinander. »Wir kaufen ihn. Er muß nur genug bekommen, um für ein paar Jahre bequem im Ausland leben zu können. Sie sehen ja, wie lasch die Behörden mit frei rumlaufenden Mördern umgehen.« Er zeigte auf das Telefon.

»Und wie wollen Sie ihn finden?«

»Er wird sich melden, er hat ja schon einmal bei Ihnen angerufen. Er versucht, Ihnen die Sache in die Schuhe zu schieben, also muß er sich Ihnen in irgendeiner Form nähern, beispielsweise, um Indizien zu verstecken oder Sie zu bedrohen. Ich weiß nicht genau, was ihm einfällt. – Aber sowie er wieder anruft, sagen Sie zu ihm, Sie hätten einen Vorschlag, und er soll sich bei mir melden, sichern Sie ihm Diskretion zu.«

»Gut, aber wie bekommen Sie ihn zum Geständnis?«

»Abel ist eine verkrachte Existenz, er ist nichts, und er hat nichts, für Geld geht er mit Sicherheit auf unsere Forderungen ein.«

»Was ist, wenn er später zur Polizei läuft, sein Geständnis widerruft oder behauptet, es sei eine Fälschung, und einen Koffer von meinem Geld gleich mitbringt?«

»Passen Sie auf, ich stelle mir das Ganze so vor: Abel kommt zu mir. Er ist vorsichtig, weil er eine Falle der Polizei vermutet. Da er bis zum Hals in die Sache verwickelt ist, gibt es für ihn nur einen Ausweg: Er muß handeln.«

»Das leuchtet ein.«

»Durch unser Angebot bekommt die Affäre für ihn eine neue Perspektive. Wenn er genügend Geld hat, um sich in irgendeine Ecke der Welt abzusetzen, dann braucht er Sie nicht mehr zu belasten.«

»Aber was ist mit der Sicherheit, wir werden doch erpreßbar durch ein solches Angebot.«

Wolf lächelte. »Abel muß mir mit dem Geständnis die Tatwaffe geben, er muß sie ja noch haben.«

»An welche Summe haben Sie gedacht?« Haussmann war ganz bei der Sache.

»Es muß für ihn schon ein Vermögen sein.«

»Sagen Sie schon, wieviel?«

»Dreihundert?«

»Dreihundert*tausend*?! Ich bin schließlich nicht Rockefeller!«

»Wir müssen das durchstehen. Reissler war immer eine latente Bedrohung. Abel hat ihn beseitigt, dafür hat er schon eine Belohnung verdient.«

Haussmann nickte. »Wer verwahrt das Geständnis

und die Tatwaffe, das ist doch gefährlich, wenn Sie die Sachen bei sich rumliegen haben.«

»Ganz unverfänglich«, der Anwalt fachmännisch, »bei einem Notar.«

»Was machen wir, wenn der Notar das Geständnis liest?«

»Er wird es nicht lesen. Die Notare sind verpflichtet, Dokumente oder Gegenstände, die man ihnen zur Verwahrung gibt, unbesehen dreißig Jahre lang – manchmal sogar länger – aufzubewahren. Das Ganze kommt in ein Paket und wird versiegelt, dann erst gebe ich es aus der Hand.«

Haussmann atmetet auf. »Aber wir sind dann theoretisch wegen Begünstigung dran.«

»Aber nein.« Wolf zerknüllte den bemalten Telefonzettel. »Ich lasse mir von Abel in dieser Sache Mandat erteilen, dann bin ich zur Aussageverweigerung verpflichtet. Wie ich zu dem Paket gekommen bin, ist dann mein Berufsgeheimnis.«

Haussmann grinste und genoß den letzten Schluck seines Aperitifs. »Es ist immer schon gut gewesen, einen gescheiten Anwalt zu haben. Mal etwas anderes: Wollen Sie sich nicht an der Bestechungssumme für Abel beteiligen?«

Wolf kniff die Augen zusammen. Er schwieg einen Augenblick, dann sagte er kalt: »Nein, Sie können ja Ihre Cousine Ina fragen, sie ist ja auch um einen ganzen Brocken reicher geworden, als Reissler damals mit hunderttausend abgefunden wurde.«

Haussmann zuckte mit den Schultern.

Draußen in der Halle ertönte ein Gong. Die beiden Herren gingen zum Essen und unterhielten sich über den Wein.

Abel hatte seinen Freund Ernie am Abend in einer der winkeligen Gassen der alten Universitätsstadt getroffen.

Sie hatten sich in einer der finstren Ecken einer Studentenkneipe niedergelassen und jeder ein kleines Bier bestellt.

Paloff hatte ein Mädchen dabei. Sally. Eine blonde Engländerin mit langen Haaren und einem nicht hübschen, aber aparten Gesicht voller Sommersprossen. Soweit erinnerte sich Abel, daß eine gewisse Sally Doktorandin an dem Germanistiklehrstuhl war, wo Paloff als Assistent arbeitete. Paloff und Sally waren kein Paar, aber gute Freunde. Während Paloff verschlüsselt mit seinem Freund über den Fall redete, betrachtete Abel aufmerksam das Mädchen an der Seite Ernies, sein Blick traf ihre wachen Augen. Ein Lächeln, das auch Paloff auffing. Er paffte Qualmwolken und dachte sich seinen Teil.

»Dein ehemaliger Klient ist inzwischen auf dem Pragfriedhof in Stuttgart beerdigt worden«, fuhr Paloff fort, »die ganze Familie war dabei. Ich habe mir gedacht, daß ich dir vielleicht einen Gefallen tun kann, wenn ich auch mal hingehe.«

»Gut so.«

»Immerhin war sogar der Beamte, der uns zu Hause besucht hat, dabei. Es spielten sich erschütternde Szenen ab. Die dicke Cousine heulte wie ein Schloßhund.«

»Interessant.«

»Und es war natürlich klar, daß der fragliche Beamte..., du weißt, was ich meine..., auch auf dich gewartet hat, mein Lieber. Die glauben scheinbar ernsthaft, daß du ein gewisses Pietätsgefühl für das Op..., äh, für den Mann hast.« Paloff zwinkerte Abel zu.

»Hat er was ausgefressen, warum zwinkerst du?« fragte Sally mit britischem Akzent.

»Ja. Mord.« Abel genoß die Wirkung des Wortes auf sie, dann fuhr er fort: »Genauer gesagt: Man nimmt an, ich sei ein Mörder. Die Sache hat bloß einen Haken für die Bullen, ich war's nicht. Trotzdem versucht man, mich reinzuhängen, weil man keinen Besseren – oder besser: keinen Schlechteren hat.« Abel trank sein Glas leer und bestellte Nachschub.

Das Mädchen schaute Paloff fragend an. Der flüsterte ihr vertraulich ein paar Sätze ins Ohr, während Abel weiter versuchte, sich beim Kellner Gehör zu verschaffen. Als die Bedienung kam und die leeren Gläser austauschte, erklärte Paloff seiner Kollegin mit gesenkter Stimme, daß Abel dem Täter auf der Spur sei. Abel drehte sich herum und bemerkte den interessierten Blick des Mädchens, der jedoch sofort wegglitt und sich nicht in Abels Augen verfing.

»C'est la vie«, Abel lächelte nur für Sally und prostete ihr zu. Sie sah ihn von unten her an und hob ihr Glas. Paloff grinste und fand es ziemlich schade, daß er bei Sally keine Chancen hatte. Ihm gefiel nicht nur, daß sie vom selben Fach war. Er fand ihre Sommersprossen lustig. Und daß sie Sommer wie Winter unter ihren T-Shirts und Pullis keinen BH trug, hatte er schon lange bemerkt. Er fand, daß sie es sich leisten konnte. Sie rauchte schwarze Zigaretten aus Frankreich.

Bei jeder Zigarette hustete sie ein- oder zweimal, ihre Brüste hüpften unter dem Pullover. Auch Abel bewunderte dieses Spiel der Natur, nur bei ihm machte es Sally im Gegensatz zu Ernie Paloff nichts aus, wenn sie seine Blicke spürte. Im Gegenteil.

Paloff seufzte, und Abel begann leise zu sprechen. Man mußte ja nicht am Nachbartisch verstehen, worum es geht. In kurzen Zügen umriß er seine Geschichte.

Paloff schien abwesend. Er kannte den Fall und war inzwischen wieder mit den Gedanken bei seiner Arbeit. Er verstand es, sich so vollständig in diese alte Sprache hineinzuversezten, daß er nachts manchmal in althochdeutsch träumte. Paloffs Miene verschwamm im Qualm und Bierdunst. Das Mädchen sah auf Abels Hände und stellte von Zeit zu Zeit eine Frage, die Aufmerksamkeit und Intelligenz verriet. Paloff durchzuckte plötzlich eine Idee, wie er ein bestimmtes Wort doch aus dem Sanskrit ableiten konnte. Er strahlte, sprang auf, murmelte eine Entschuldigung und rannte weg, um beim Kellner zu zahlen. Von der Tür her winkte er kurz und hob den Daumen.

»Jesus«, sagte Sally.

»Das hat er öfter, wenn ihm was einfällt«, sagte Abel.

Das Mädchen lachte und sah Abel zum erstenmal voll ins Gesicht. »Ihr seid vielleicht verrückt.«

»Das ist eine Frage des Standpunkts.« Abel lächelte, und seine Augen lächelten mit.

»Normal ist jedenfalls anders.« Sally legte leicht ihre Hand auf Abels Arm, ohne den Blick zu senken. »Laß uns gehen«, sagte sie leise, »ich hasse die Normalität.«

Montag, 19. November

Sie saßen einträchtig nebeneinander in Sallys Laura-Ashley-Bett. Die Sonne hatte sich durch den Frühnebel gekämpft und schien schräg, aber erstaunlich warm durch halboffene Vorhänge auf große bunte Tassen, Eierbecher, Teller und Zuckerdose, die vor den beiden auf dem Tablett standen. Abel kaute mit vollen Backen und würzte sein drittes Marmeladenbrot mit einem weiteren Kaffee. Sally trank morning tea mit Milch und verzichtete wegen der Figur auf ein zweites Marmeladenbrot. Einen großen Plüschhund hatte sie Abel als Stütze in den Rücken geklemmt. Sie lehnte an seiner Schulter und blinzelte in die Sonne.

»Das Motiv ist der entscheidende Schlüssel zu jeder

Handlung. Es kann sehr tief in der Persönlichkeit verborgen liegen – aber es ist so: Das Motiv ist ausschlaggebend.« Sally zog an ihrer Zigarette, sie hustete ein wenig, dann sprach sie weiter: »Also ganz einfach, du mußt als erstes die Motive deiner Hauptverdächtigen analysieren, dann siehst du weiter.«

»Ich habe zwei Verdächtige und zwei plausible Motive. Der eine will seine Erbschaft behalten, die er sich teilweise erschlichen hat, koste es, was es wolle. Der andere will, möglicherweise auch um jeden Preis, seine Beteiligung oder Anstiftung unter den Tisch kehren, um seine Existenz zu retten.« Abel schnippte ein paar Krümel vom Laken und nickte.

»Gut, das ist nur der Anfang.« Sally drehte den Anhänger ihrer Goldkette, die über ihre nackten Brüste herabhing, auf die richtige Seite und fragte: »Wessen Motiv gibt mehr her? Ich meine, wer von den beiden hätte denn mehr verloren, wenn die Schiebung mit der Erbschaft durch Reissler herausgekommen wäre?«

»Hm.« Abel bohrte mit dem Messer ein Loch in den Brotlaib, der vor ihm in einem Korb lag, und holte einen dicken Brocken heraus. »Haussman hätte zusammen mit seiner Schwester ein Drittel der geerbten Millionen an Reissler herausgeben müssen. Wolf behält seine Honorare. Beide bekämen ein bis eineinhalb Jahre aufgebrummt, Bewährung gibt's natürlich in jedem Fall für die unbescholtenen Bürger.«

»Das ist wenig. Laß uns doch zusammen so einen Millionencoup machen«, Sally schubste Abel in die Seite.

»Wir kriegen das Doppelte oder Dreifache, weil, wir sind keine unbescholtenen Bürger.« Abel sprach mit vollem Mund und versuchte der gleichzeitig in alle Richtungen vom Brot laufenden Marmelade Herr zu werden. »Haussmann hat nach all dem noch genug Geld.

Damit kommt er sicher über den Winter. Aber der Anwalt verliert doch bestimmt nach einer solchen Geschichte seine Zulassung. Auch wenn er noch so fette Honorare kassiert hat, reicht ihm das nicht für ewig.«

»Also, den Wolf packt es im Prinzip härter?«

Abel nickte langsam. »Ich liebe intelligente Frauen.« Er brauchte überhaupt nicht zu lächeln, um Sallys Innerstes an diesem Morgen anzuzünden.

»Spinner.« Sie lachte leise und strich ihm mit einer flüchtigen Bewegung durch die Haare. Ihre warme Brust berührte Abels Arm. Zwei Finger glitten leichthin über seine Nase hinab. »Wie die Nase des Mannes, so sein Johannes.«

Abel säuselte: »Ein Mädchen, das solche bösen Verse kann, will eine Germanistikdoktorin werden?«

»Gerade deswegen.«

Die blonde Sally legte sich zurück, und ihr Busen breitete sich weich aus. So flirteten sie drauflos, bis sich die Doktorandin und ihr Mordverdächtiger noch einmal herrlich zwischen all dem Frühstücksgeschirr in der Montagssonne liebten.

Erst kurz bevor Abel das kleine Appartement am Burgberg verlassen wollte, kamen sie auf den Fall zurück. Sally zündete sich eine Gauloise an und sagte: »Und noch eins: Du hast festgestellt, daß beide am Montag abend noch in Zürich waren und zum Flughafen wollten.«

»Ja«, sagte Abel und schlüpfte in sein Jackett.

»Du mußt also nur ihre Routen prüfen.«

»Schlauberger, hab ich doch in Zürich schon probiert.«

»Und was ist, wenn du mal bei Haussmann anrufst und auf den Busch klopfst?«

Abel grübelte. »Ja, Vorwärtsverteidigung.«

»Was ist denn das?«

»Eine elegante Umschreibung für den Angriff.« Abel schüttelte den Kopf: »Nein, vorher versuche ich es noch mal in Stuttgart, ich habe dort doch noch gar nicht rumgefragt. Vielleicht gibt es eine gute Fee, die dem alten Elsässer mal den einen oder anderen Tip zukommen läßt.«

»Du kannst dich nicht ewig verstecken. Irgendwann findet dich dieser Kommissar Water, oder wie er heißt. Du bist nicht Bommi Baumann, du hast keine Sympathisanten, die dir weiterhelfen.«

»Na, eine Sympathisantin habe ich wohl«, flüsterte Abel und wühlte in ihren Haaren, während sie ihn küßte. Sie schmeckte wundervoll nach Morgenzigarette und Tee.

»Wer weiß, wie lange? Jedenfalls bin ich die nächsten vierzehn Tage zu Hause in Thames.«

Abel wollte Sally um den Schlüssel bitten, doch er ließ es bleiben.

»Was machst du, wenn du weiterkommst, gehst du dann zu den Bullen?«

»Nein, vorsichtshalber erst, wenn ich den Täter in der Tasche mitbringen kann.«

»Abel von la Mancha, mein Ritter ohne Furcht und Tadel.« Sie blies ihm den Rauch ihrer Gauloise ins Gesicht, bevor sie ihm den definitiv letzten Kuß gab. Und er ihr noch einen. Und sie noch mal. Abel wäre fast nicht weggekommen.

Als er immer noch unschlüssig an der Tür stand und sie ansah, dachte er, wie hübsch sie ist.

Sally sagte leise: »Erzähl mir bei Gelegenheit, wie die Geschichte ausgegangen ist, Don Quichotte.«

Abel schloß behutsam hinter sich die Tür.

»Letzter Aufruf, Lufthansa nach Düsseldorf, die Passagiere werden gebeten, sich am Ausgang B 4 einzufinden. Last call, Lufthansa ...«

Abel wunderte sich darüber, daß anscheinend in allen Flughäfen die gleiche freundlich-monotone Frauenstimme für Ansagen verwendet wurde. Warum eigentlich nie Männer? Er stand vor der Treppe, die zur Abfertigungshalle für Abflüge hinunterführte. Sein Blick wanderte prüfend über die Schalter auf der rechten Seite der Halle.

Er wartete, ohne zu wissen, worauf. Ihm war die unbeugsame Liebenswürdigkeit der Stewardeß in Zürich noch gut in Erinnerung. In Kloten war der Faden seiner Ermittlungen gerissen. Jetzt war er dabei, das gerissene Ende wieder aufzunehmen, aber wie? Vorhin hatte er schon einmal den Versuch gestartet. Diesmal per Telefon. Er hatte der Dame am anderen Ende vorgelogen, die Kripo verlange eine Auskunft. Der Authentizität halber hatte er sich mit dem Namen Watrin gemeldet. Auch diesmal hatte er keinen Erfolg.

»Benutzen Sie bitte das Telex, wie es üblich ist«, hatte die Stewardeß kalt geantwortet. Abel hatte sich verdutzt entschuldigt und aufgelegt.

Er wußte in diesem Augenblick kein Mittel mehr, die uneinnehmbare Festung der Informationssperre zu nehmen. Er wäre sogar bereit gewesen, die Passagierliste zu klauen, denn ein solcher Diebstahl schien ihm angesichts der drohenden Mordanklage fast so etwas wie Notwehr. Aber um diesen Plan auszuführen, hätte er entweder den ganzen Lufthansacomputer mitnehmen und einen Programmierlehrgang belegen oder einen Programmierer bestechen oder erpressen müssen.

Alles zu umständlich, einfach nur Quatsch, ging es Abel durch den Kopf. Er ertappte sich dabei, daß er bei der Beobachtung des Lufthansaschalters überlegte, wie er sein Abtauchen in einen privaten Untergrund am besten organisieren sollte. Nebenbei registrierte er, wie sich am vordersten Schalter zwei Mädchen ablösten.

Erst als sich die Stewardeß von der neuen Schicht gesetzt hatte und mit einem Kunden verhandelte, schaute Abel näher hin – vielleicht war er durch eine kleine Bewegung aufmerksam geworden.

Langsam trödelte er die Treppe hinunter und ging an den Schaltern entlang, scheinbar ohne Ziel. Dabei schaute er sich die Stewardeß noch einmal genau an. Kein Zweifel, sie war es, Anne, die Frau des Betthasenjägers, die sich vor ein paar Tagen mit Abel getröstet hatte. Uff. Endlich mal Glück. Abel schloß die Augen. Jetzt nur keinen Fehler machen. Abel ging auf Anne zu.

»Hallo!«

»Ciao!« Abel lehnte sich an den Tresen, als würde er einchecken.

Anne freute sich, ihn zu sehen. »Ich war am Freitag mal bei dir«, verriet sie verschwörerisch, dann drohte sie mit dem Zeigefinger: »Aber der Vogel war ausgeflogen.«

»Welcher?« Abel mochte nicht, wenn Frauen nekkisch waren.

Sie legte ihre Hand auf seine. »Wenn du so willst, alle beide.«

Abel mußte zur Seite treten, weil ein Passagier eine Bordkarte brauchte. Er fühlte sich ziemlich sicher, auch als eine Doppelstreife des Grenzschutzes mit Hunden hinter ihm vorbeiging. Der Passagier eilte zum Gate.

»Was treibst du den eigentlich hier?« fragte Anne. »Die suchen dich, oder?«

»Wer sagt das?«

»Die Zeitung. Heute morgen steht drin, ein gewisser Privatdetektiv Abel wird gesucht, weil er einen Ami umgebracht haben soll.«

»Lug und Trug.« Abel winkte beschwichtigend mit den Händen.

»Aber man hat doch am Samstag in deinem Keller die Schuhe von der Leiche und noch ein paar andere Sachen gefunden?«

»Was?« Abel erschrak sichtbar. »Die Schuhe?«

»Ja, und noch irgendwas Belastendes!«

Er riß sich zusammen und versuchte zu lachen. »Ach, das Zeug, nein, da ist nichts dran gewesen. Alles hat sich längst aufgeklärt.«

»So?« Sie war skeptisch.

Abel beugte sich zu ihr hinüber und sagte in unverfänglichem Ton: »Meinst du, sonst würde ich mich hier quasi unter den Augen der Polizei mit dir unterhalten?« Er nickte mit dem Kopf nach hinten, wo eine Doppelstreife gerade verschwand.

Sie glaubte ihm. »Wo fliegst du hin?«

»Nirgends, aber ich habe ein Problem, bei dem nur eine ganz, ganz gute Freundin helfen kann.«

Sie unterbrach ihn: »Treffen wir uns heute abend?«

»Gerne, aber das ist nicht mein eigentliches Problem.«

»Was um Himmels willen denn?«

»Ich suche einen Namen in euren Passagierlisten, aber keiner läßt mich dran.«

»Ach ja, der Herr Detektiv hat einen Auftrag.« Sie lachte.

»Sag mal, kannst du mir nicht mal einen Namen raussuchen, ich sag's bestimmt nicht weiter.«

»Das ist ja eigentlich verboten.« Sie legte eine tiefe Falte zwischen ihre Augenbrauen. Aus dem »eigentlich« schloß Abel zu seiner Erleichterung, daß kein Prinzip so starr war, daß es keine Ausnahme geben könnte; auch nicht bei den – zumindest dienstlich – so unzugänglichen Stewardessen.

»Carl Haussmann, Carl mit C, heißt er«, sagte Abel schnell. »Ich muß unbedingt wissen, ob er am vergangenen Montag mit der Maschine um 21 Uhr 20 nach Mailand geflogen ist.

»Von Stuttgart?« fragte sie und bediente schon die Tasten unter dem Bildschirm neben sich.

»Ja.« Abel sah gespannt in ihr Gesicht und beobachtete die Augen, die geschäftsmäßig über die Zeilen flogen, die der Computer schrieb. Daß jetzt bloß niemand kam!

»Nein«, sagte sie sachlich.

»Bestimmt nicht?«

»Nein, wenn ich es doch sage.«

»Und auf der Maschine Stuttgart-Zürich um 20 Uhr 30?« Abel las die Zeit und die Flugnummer aus dem schmalen gelben Brevier vor, das er von Zürich mitgebracht hatte. Sie reagierte mechanisch.

»Auch nicht«, sagte sie und schaute ihn fragend an. Abel bemerkte, wie ein Mann hinter ihn trat.

»Bitte, Sie wünschen?« Ihr Gesicht strahlte wieder. Der Mann erhielt eine Auskunft über eine Flugverbindung und bedankte sich.

»Es ist wichtig, sehr wichtig«, flüsterte Abel beschwörend, weil er merkte, wie sie langsam unwillig wurde.

»Mach schnell«, sagte sie.

»Gut: War auf einer der beiden Maschinen ein Dr. Wolf gebucht?«

Wieder negativ nach kurzer Zeit.

»Letzte Frage«, Abel war entschlossen, die Sympathie der jungen Frau bis zum letzten auszunutzen, »gibt es auf dem Flug Zürich-Stuttgart-Zürich am Abend zweimal den gleichen Namen?«

Wieder eine kurze Pause, dann die Antwort: »Ja, ein Mr. Regazzo, Paul Regazzo.« Sie lächelte, schien sich mit ihm zu freuen. Abel atmete auf. Er drückte Annes Arm. Nach einer Weile sagte er: »Es ist wie beim Roulette: Man muß mit dem Glück setzen. Noch ganz schnell: Ist Haussmann an diesem Abend von Zürich nach Mailand geflogen?«

Sie zog die Augenbrauen hoch. Abel sah, daß sie sich nun ein wenig ausgenutzt vorkam. Bestimmt riskierte sie auch einiges durch diese Auskünfte, die sie eigentlich nicht hätte erteilen dürfen. Ein langer Blick, doch sie bediente wieder die Tasten des Geräts. Diesmal dauerte es länger, bis sie wieder zu Abel herübersah.

»Nein.«

»Und Wolf?«

»Ja.«

»Tatsächlich?« Abel staunte die Stewardeß an, die sich unterdessen einer Dame hinter Abel zuwendete und wieder höfliche Auskünfte erteilte.

»Menschenskinder!« Abel konnte sich immer noch nicht fassen. »Merci«, sagte er dankbar und hielt mit den Händen den Rand des Tresens umklammert. Er schüttelte den Kopf. »Heute abend, wenn du willst«, sagte er leise und dankbar und kam sich wegen Sally sehr mies vor.

Anne schüttelte den Kopf. »Danke, aber das wird sowieso nichts mit uns. Viel Glück, Abel.«

Er spürte, daß er auf dem richtigen Weg war. Er würde quasi unter den Augen der Polizei seine Ermittlungen zum Ziel bringen. An der Windschutzscheibe seines Citroëns fand er einen auf billigem Papier hektographierten Zettel, auf dem stand, daß sich der Fahrer des Wagens S-AU 2525 da und da zu melden habe, da die Parkuhr abgelaufen sei. Es war heute nicht kalt. Abel fiel fast überhaupt nicht auf, daß er keinen Mantel hatte.

Den Zettel steckte er lachend in die Tasche und ließ sich hinter das Lenkrad fallen. Das Aufheulen seines Motors ging im Dröhnen der Turbinen einer startenden Maschine unter.

Den Tag verbrachte Abel damit, nachzuprüfen, ob seine Wohnung überwacht wurde. Sie wurde. Er kaufte sich Zeitungen und las die Berichte über die Haussuchung bei ihm. Im Eichenhain bei Sillenbuch ging er spazieren und grübelte, wer die Schuhe und die Plastikplane in seinen Keller praktiziert hatte. Das Wie war kinderleicht. Gegen Abend fuhr Abel unschlüssig in der Gegend herum, weil es im Auto warm war und er noch genügend Sprit hatte. Da fiel ihm eine Frage ein, die er unbedingt Anne stellen mußte. Er schlug sich an den Kopf, bremste und bog in einen Feldweg ein.

Er wendete sein Auto in einer Wiese und raste in Richtung Flughafen. Er erinnerte sich, daß er Anne anfangs dabei beobachtet hatte, wie sie eine andere Stewardeß ablöste. Wahrscheinlich hatte sie jetzt gerade noch Dienst. Er mußte Anne unbedingt erreichen; also noch einmal zum Flughafen – trotz des Risikos, doch erkannt und von einer der vielen Streifen angehalten zu werden.

Er drängelte hinter einem 2 CV und überholte halsbrecherisch in einer unübersichtlichen Kurve. Dann blieb er in den vielen Windungen der B 27 im Siebenmühlental hinter einem Laster hängen, den er erst auf einer Kuppe vor Echterdingen überholen konnte. Schließlich stand er eine Viertelstunde in einem Stau, der sich träge durch die Hauptstraße des Ortes quälte, ständig durch rote Ampeln angehalten. Er sah auf die Uhr, als er auf den Abholerparkplatz einkurvte, über eine Stunde hatte er gebraucht.

Nun stand er wieder oben an der Treppe, die zur Abfertigung hinunterführte. Anne war nicht mehr zu sehen. Verdammt.

Abel schritt betont normal die Treppe hinunter, um nicht aufzufallen, und ging zu dem Schalter, an dem er gegen Mittag mit der Stewardeß gesprochen hatte.

»Wo ist Ihre nette Kollegin?« frage er die Dame in Blau und Gelb, die jetzt Dienst hatte.

»Welche Kollegin?«

»Die, die vor Ihnen hier gesessen hat. Sie heißt Anne. Ich habe mich nett mit ihr unterhalten und wollte sie fragen, was sie heute abend macht.« Wieder eine von Abels improvisierten Geschichten, freilich keine von den guten. Entsprechend fiel die Reaktion aus.

»Ich bin kein Eheanbahnungsinstitut«, sagte die Stewardeß schnippisch.

»Nein, ehrlich, wo ist sie?« Abel kapitulierte nicht.

»Feierabend seit fünf Minuten.«

Abel fiel nichts mehr ein.

»Und jetzt lassen Sie mich bitte arbeiten, ich habe nämlich auch bald Feierabend«, sagte die Stewardeß und knipste ihr schönstes Lächeln an, weil eine Mutter mit drei Kindern auf den Schalter zusteuerte.

»Ciao«, sagte Abel und ging. Wenn man meint, es läuft, dann macht man selber die größten Fehler. Warum war ihm heute morgen nicht eingefallen, die Zusatzfrage zu stellen?

Abel saß schon seit einer halben Stunde in seinem Wagen, den er auf einem Parkstreifen am Rand der Innenstadt abgestellt hatte. Zerstreut beobachtete er, wie die frühe Novembernacht über die Stadt hereinzog. Auf den Bürgersteigen drängten sich die Passanten vorbei. Einer wie der andere grau und zielstrebig. Keiner schlenderte, niemand besah sich die Auslagen in den Schaufenstern. Der Nebel kroch wie eine Schnecke in die Straßen und dimmte die Lichter.

Abel fröstelte. Im Dunkeln seines Auto fühlte er sich zwar einigermaßen sicher, aber verdammt einsam. Er hatte das gleiche Ziel wie die Menschen draußen auf der Straße: Er wollte nach Hause. Bei Ahmed in Tübingen, das war nichts auf Dauer. Und Abel wollte auch die Entscheidung. Aber bei ihm zu Hause standen die Bullen vor der Tür und warteten nur darauf, daß er mürbe und sentimental wurde.

Es ging gegen acht, Abel war fast mürbe und keinesfalls sentimental. Er hatte sich in die Nähe des Eingangs zu seinem Haus geschlichen. Irgendwann mußten die Bullen doch die Observation seiner Wohnung aufgeben, hoffte er. Dann könnte er wenigstens ein paar wärmere Sachen holen. Pullover, Jeans, sein Bundeswehrparka. Und außerdem war er neugierig.

Er merkte, wie seine Scheuklappen wuchsen, wie er, ohne zureichenden Grund, alle anderen Möglichkeiten verwarf und die objektiv für ihn gefährlichste Variante wählte. Mit dem Kopf durch die Wand – die Taktik der Dummköpfe und der Helden. Keiner weiß, warum sich ein Mensch plötzlich entschließt, ohne überzeugende Gründe alles auf eine Karte zu setzen und blind loszurennen, warum einer auf Finten und Schliche verzichtet und nur noch geradeaus geht, wenn der Umweg sicherer wäre.

Aus der Perspektive seines Verstecks konnte er nicht genau erkennen, ob jemand in einem der parkenden Wagen saß. Der Nebel war dichter geworden. Die Straßenlaternen hatten bereits einen weiten Hof. Abel lehnte in einer Toreinfahrt und spähte von Zeit zu Zeit die Straße hinunter. An den Autos vorbeizuschlendern, das Risiko schien ihm zu hoch.

Schlotternd vor Kälte verharrte er über eine Stunde in der Einfahrt. Irgendwann mußte sich in einem der Autos was rühren, wenn dort die Polizei wartete.

Nur manchmal zückte er seinen Flachmann, um einen Schluck zu nehmen. Schließlich zog er seinen Hut tief ins Gesicht und ging zielstrebig los. Er hielt sich dicht an der Häuserzeile und beobachtete die abgestellten Autos. Bewußt veränderte er seine Haltung. In diffusem Licht sind der Gang und die Figur eines Menschen nahezu die einzigen Erkennungszeichen.

Abel verstellte sich. Gebückt, die Füße einwärts gestellt, schlurfte Abel voran. Ohne anzuhalten, passierte er die Tür des Hauses, unter dessen Dach er bislang gelebt hatte. Er wurde nicht gestoppt. Erst an der nächsten Tür hielt er an und drückte die oberste Klingel. Mit eingezogenem Kopf wartete er, jederzeit bereit zu fliehen, doch dann kam der Summton, die Eingangstür gab nach und schlug kurz hinter Abel ins Schloß. Er richtete sich auf und tastete nach dem Lichtschalter. Die Lampen verteilten mit einem unwilligen Brummen ihr trübes Licht. Abel sah sich um und fand zwischen abgestellten Kinderwagen und fahrbaren Einkaufskörben den Weg zur Hoftür.

Abgeschlossen, klar, es war ein intaktes schwäbisches Haus mit Kehrwoche und Hausordnung. Abel untersuchte das Schloß. Er fummelte seine Taschen nach einem Draht ab. Nichts zu finden. Stück um Stück probierte er die Schlüssel an seinem Bund durch. Auch hier kein Erfolg. Die Lichter erloschen. Im Dunkeln suchte Abel den Balken über der Tür ab. Tatsächlich, es gab im Haus ein Schlitzohr, das den Schlüssel, trotz des hausordnungsmäßigen Gebots, um 19 Uhr die Hoftür abzuschließen, dort oben deponiert hatte, um nicht jedes zweite Mal, wenn er ihn vergessen hatte, über unzählige Stufen zurückzumüssen.

Leise schloß Abel die Tür auf und legte dann den Schlüssel kollegial zurück, denn der Unbekannte sollte durch ihn keine Scherereien bekommen. Um seinen Rückzug zu sichern, ließ er die Tür unverschlossen.

Die Hofmauer war kein Problem. Über die Teppichstange gelangte Abel in den herbstlichen kahlen Garten hinter dem Nachbarhaus und schlich sich zur Hoftür. Da ihm ein Rest guter Erziehung geblieben war, hatte er seinen Schlüssel nicht innen über den Türbalken gelegt, sondern am Bund in seiner Hosentasche.

Langsam tastete er sich im Dunkeln die Stufen hinauf. Seine rechte Hand umklammerte die Kleinkaliberpistole in der Tasche seines Anzugs. Ein schlechter Einfall, sich gegen die Polizei verteidigen zu wollen, das ging meistens schief. Aber es macht stark, wenn man sich am Griff einer Waffe festhalten kann.

Abel kramte im Dunkeln in seinem Schrank nach dicken Socken, dem wärmsten Pullover, den Turnschuhen. Sein Anzug hing klamm auf einem Kleiderbügel in der Nähe des kalten Ofens, und Abel war schon halb angezogen.

Es klingelte. Abel zuckte herum. Was jetzt? Natürlich so tun, als wäre keiner hier. Aber wenn es Anne ist, die ihn doch sehen will? Würden die Bullen klingeln? Nein!

Abel drückte kurz den Summer und lauschte mit schiefem Kopf den Schritten, die langsam lauter wurden. Das Licht im Hausflur erlosch, wurde wieder eingeschaltet, dann kamen die Schritte heran. Abel war sicher, daß die Person draußen alleine war. Er öffnete die Tür.

Watrin. Abel sah dem alten Kommissar im trüben Treppenhauslicht in die Augen. Klick. Dann erlosch das Licht erneut.

»Machen Sie bitte das Licht an, Herr Abel.« Die Stimme des Mannes im Flur klang hohl, hallte zurück und brach sich hinter den Treppenstufen.

Abel betätigte den Schalter in seiner Wohnung.

Watrin schob den Detektiv zur Seite und trat ein. Abel schaute auf den ersten Treppenabsatz hinunter, soweit der Schein des Lichts aus seiner Mansardenwohnung fiel, war niemand zu sehen.

»Es hat keinen Sinn abzuhauen«, sagte Watrin und setzte sich.

Abel schloß die Tür. Er sah den alten Mann zusammengesunken in seinem Besuchersessel ruhen, als habe er dort schon fünf Minuten gesessen, und war sich nicht sicher, ob der Polizist reagieren würde, wenn er zu fliehen versuchte. Bloß, halb angezogen, wie er war ... Der Detektiv überlegte, zögerte noch einen Augenblick, dann ging er an dem Sessel vorbei und kleidete sich vollständig an.

»Gut so, packen Sie auch Ihren Waschbeutel«, sagte Watrin. »Ach, beinahe hätte ich vergessen, einen guten Abend zu wünschen«, sage er. »Es war dumm von Ihnen zu kommen, ich habe Sie gesehen. Übrigens, auf eine Flucht würde ich an Ihrer Stelle verzichten.«

Abel schwieg.

»Ich habe nicht gedacht, daß Sie so schnell Nerven zeigen würden ...« Watrin faltete die Hände. »Der Zufall hat mir wieder einmal geholfen. Wir wären schon längst abgezogen, wenn nicht ein Mann mit einem Hut, wie Sie ihn tragen, heute gegen Mittag hier herumgeschlichen wäre. – Ich weiß nicht, ob ein altes Weib daraus ein Glaubensbekenntnis machen würde, aber manchmal ist es wirklich so: Der Zufall hilft dem Recht.«

»Interpretationssache«, meinte Abel.

»Nein, Erfahrungssache«, widersprach Watrin.

»Daß der Zufall Ihnen hin und wieder hilft, mag sein, ob er damit dem Recht hilft, ist noch nicht raus.«

Der Kommissar zuckte mit den Schultern.

»Sie sind also im Besitz der ewigen Wahrheit, die bekanntlich im Recht ihren Niederschlag findet?« sagte Abel giftig.

»Nein, sicher nicht, aber wir haben hier«, Watrin deutete auf den Boden, »hier und heute haben wir unsere Maßstäbe zu finden und zu bewahren; wenn ein Gericht einen Täter verurteilt, dann ist das für mich das Recht.«

»Ich bin nicht verurteilt.« Abel trat auf den Alten zu.

»Nein, aber Sie haben den Reissler umgebracht.« Watrin saß wehrlos mit geschlossenen Augen auf seinem Platz.

Abel stützte sich mit beiden Händen auf die Lehne des Sessels. Sein Gesicht kam sehr dicht an das des Kommissars heran.

»Sie haben nichts in der Hand; keinen echten Beweis, nichts.« Seine Stimme war eindringlich.

Watrin schüttelte den Kopf. »Falsch. Ich bin ohnehin nur gekommen, um den Haftbefehl an Ihnen zu vollstrecken.«

»Welche Beweise?« beharrte Abel. »Welche, alter Mann?«

»Die Schuhe des Toten in Ihrem Keller und die Plane, in der die Leiche eingewickelt war; beides fein säuberlich in einem Karton, junger Mann.«

»Ist das alles? Fragen Sie sich lieber, wer das da hineinpraktiziert hat!« Abel richtete sich auf. Er begann in der kleinen Stube auf und ab zu gehen, von dem Beamten unter halb geschlossenen Lidern beobachtet. Vor dem Regal blieb er stehen und nahm sein Notizbuch, das er aus dem Jackett genommen hatte, schlug es auf und ging sorgfältig die Aufzeichnungen aus Zürich durch. Abel lächelte und knickte eine Seite um. Er nickte, nach einer Pause fragte er gelassen den Alten: »Was meinen Sie, mit Ihrer Erfahrung, habe ich noch eine Chance?«

»Keine mehr«, murmelte der Kommissar, »für uns ist der Rest nur noch Routine. Wir nehmen Sie mit, verhören Sie, und nach drei Tagen packen Sie aus.«

Abel stand jetzt im Rücken des Alten. Seine linke Hand schlich sich auf den Rücken und suchte den Griff der Waffe, die er in den Gürtel seiner Jeans gesteckt hatte. Abel kann man nicht so leicht mitnehmen, er würde Widerstand leisten.

Es klingelte. Abels Hand zuckte zurück. Er ging mechanisch zur Tür. Unten tönte der Summer.

»Ihre Leute?« fragte er.

»Nein.«

Abel begriff. »Wenn jetzt eine junge Frau kommt«, sagte er schnell, »lassen Sie mich bitte nur eine Frage stellen.« Er drehte sich um und sah den Kommissar an. Watrin saß unverändert da, nur seine Augen waren offen und hell.

»Nein«, sagte er kalt, »keine Chance, noch nicht mal diese eine. Sie gehen mir nämlich nicht noch einmal durch, Abel.« Watrin wollte aufstehen.

»Stopp, Alter.« Abels Pistole zeigte mitten in das Gesicht des Kommissars.

Watrin erstarrte in der Bewegung, lehnte sich dann behutsam zurück und faltete wieder die Hände.

»Nach wie vor: keine Chance.« Im Gesicht des Kommissars waren keine Emotionen zu erkennen. »Wir kriegen dich wie alle anderen.«

»No, Sir«, Abel trat langsam rückwärts zur Tür und klinkte die Falle mit dem Ellbogen auf. »Es gibt eine Chance, wenn ich Ihnen den Täter bringe.«

»Sie sind es gewesen«, beharrte der Alte.

Die Schritte kamen näher; es klopfte. Abel stellte sich neben den Eingang.

»Reinkommen«, sagte er, ohne den Polizisten aus den Augen zu lassen. Anne hatte einen Pelzmantel an und eine elegante Ledertasche unter dem Arm. Sie wirkte deplaziert in der Umgebung.

»Erschrick nicht«, sagte Abel.

Anne erschrak doch. Sie wollte wegrennen, als sie die Pistole sah, aber Abel zog sie in seine Wohnung und schloß die Tür. Er hatte geglaubt, daß sie jetzt die Nerven verlieren würde, aber sie blieb ruhig, fast gelassen.

»Nur eine Frage«, unverwandt hielt er Watrin im Visier, »kann man bei deiner Fluggesellschaft in den Passagierlisten bleiben, ohne den Flug anzutreten?«

»Kapier ich nicht«, sagte sie trocken.

»Ganz einfach, ich buche einen Flug, dann komme ich auf die Passagierliste, wenn ich beim Abflug nicht erscheine, was ist dann?«

»Dann fliegst du eine Viertelstunde vor Abflug raus, damit einer von der Warteliste auf deinen Platz kommt.«

»Gut, wie kann ich aber auf der Liste bleiben, ohne tatsächlich zu fliegen?«

Watrin lauschte und spitzte die Lippen.

»Du gibst deine Bordkarte ab und verschwindest wieder aus der Abfertigung, das gibt aber keinen Sinn.«

»Doch«, Abel lächelte, »doch, das gibt einen Sinn, wenn man hundertprozentig in der Liste bleiben will.«

»Dann ja...«

»Danke, ma chérie«, Abel ging langsam auf Watrin zu und langte mit kurzem Griff unter dessen Jackett und zog die Handschellen heraus und schnippte das Schloß um Watrins linkes Handgelenk. Den Lauf seiner Waffe preßte er dem Kommissar in die weiche Stelle unter dem Ohr.

»Aufstehen!« befahl er ohne Schärfe. Der Kommissar gehorchte sofort.

Abel zog den Mann mit sich zum Fenster. Dort schloß er den anderen Teil der Handfessel um das Entlüftungsrohr, das an der Wand aufstieg.

»Es tut mir leid«, sagte er, als er Watrins Schlüsselbund und Dienstwaffe herausgefingert hatte, »das lege ich vor die Tür, ich will nichts behalten. Anne, du bleibst hier und schreist bitte nicht.« Anne nickte stumm und ließ sich in den Besuchersessel fallen, auf den Abel mit der Waffe gedeutet hatte.

»Es tut mir leid, aber ich habe noch viel zu erledigen«, sagte er zu ihr und sah, wie sie leicht mit dem Kopf nickte. »Nach zehn Minuten gibst du ihm seine Schlüssel – und dann vergiß bitte nicht, deine Telefonnummer auf einen Zettel auf dem Schreibtisch zu notieren.«

Abel ging langsam rückwärts, immer noch die Schußwaffe im Anschlag. Er sah Watrin an dem Entlüftungsrohr stehen.

»Bis bald«, sagte Abel, als er die Tür schloß.

»Keine Chance«, antwortete der Kommissar kalt.

Abel verschwand über die Hinterhöfe, ohne daß Riebele ihn bemerkt hätte. Der Polizist beobachtete ständig das Licht in Abels Dachfenster und nahm sich vor, beherzt nach oben zu rennen, sobald es verlöschen würde. Doch Abel hatte das Licht brennen lassen.

Abel drückte die Gabel, die den schwarzen Hörer hielt, und beendete ein Gespräch. Es war kalt. Seine klammen Finger zitterten, als er die nächsten beiden Münzen einwarf und wieder wählte. Vor der Telefonzelle zappelte ein junger Mann herum, der eine Wollmütze trug. Der Teilnehmer am anderen Ende war sofort dran.

»Paul Regazzo läßt grüßen – Regazzo aus Zürich«, sagte Abel in die Sprechmuschel des Telefons, als sich Haussmann meldete.

»Ich soll einen Treff arrangieren, morgen abend 20 Uhr 30, in der ersten Schneise links, wenn man durch den Buchenwald in die Waldebene Ost hineinfährt – oben am Frauenkopf ...«

»Wer spricht denn da?« fuhr Haussmann dazwischen.

»Sie sollten nicht vergessen«, fuhr Abel ungerührt fort, »etwas Geld, ich denke mindestens an dreihunderttausend Mark, mitzubringen, immerhin geht's um einiges.«

Haussmann legte nicht auf, er schwieg.

»Ach, bevor ich es vergesse, Abel ist mein Name«, er buchstabierte, »A-b-e-l, zu Unrecht verdächtigt, einen gewissen Reissler umgebracht zu haben. Also dann ...«

»Warten Sie ...«, bellte Haussmann ins Telefon, doch der Detektiv legte auf. Hinter ihm klopfte jemand an die Scheibe der Telefonzelle. Doch Abel nahm erneut den Hörer von der Gabel, spendierte dem Apparat zwei weitere Zehnpfennigmünzen.

Das Rufzeichen des privaten Anschlusses kam ein gutes halbes dutzendmal. Abel stellte sich vor, daß ein Formel-I-Bolide in der Zeit zwischen zwei Klingeltönen auf hundert Stundenkilometer beschleunigt.

Dann hob jemand ab und sagte unwillig: »Ja?«

»Dr. Wolf?« fragte der Detektiv freundlich.

»Am Apparat.« Der Anwalt war immer noch ungehalten.

»Einen schönen Gruß von Regazzo aus Zürich, ich meine Paul Regazzo.« Abel machte eine Kunstpause, um die Reaktion zu testen. Die kam auch prompt: »Was soll der Unfug?«

»Nun, ich soll eine kleine Zusammenkunft arrangieren«, erklärte der Detektiv, »morgen abend, 20 Uhr 30, in der ersten Schneise links, wenn man durch den Buchenwald in die Waldebene Ost hineinfährt – am Frauenkopf oben.«

»Abel?« fragte der Anwalt.

»Ja, Abel.«

»Was ist, wollen Sie mich erpressen?«

»Gut, daß Sie mich daran erinnern«, sagte Abel

freundlich, »Regazzo meint, Sie sollten ein bißchen Geld, vielleicht so dreihundert Mille, mitbringen.«

Ohne die weitere Reaktion abzuwarten, hängte Abel den Hörer auf die Gabel. Beim Hinausgehen entschuldigte er sich bei dem Mann, der an die Scheibe geklopft hatte. Abel war gespannt, ob die Spekulation aufgehen würde. Noch zweiundzwanzig Stunden, und er würde wissen, wessen Motiv für einen Mord stark genug war.

Dienstag, 20. November

Es war Nachtfrost angesagt. Seit dem späten Nachmittag waren die grauen Wolkenfladen aufgerissen und von einem heftigen Nordwest vertilgt worden. Eine kleine Mondsichel zuckerte ihr spärliches Licht über die Fichten. Unten im Tal glommen die Lichter der Stadt. Wie ein glitzerndes, blauschwarzes Tuch lag das Waldstück über dem Hügel im Osten. Wer sich dort auskannte, wußte, daß durch einen weit zwischen die Häuser reichenden Buchenwaldkeil eine Straße hinauf zum Frauenkopf führte, die dann in einen einsamen, asphaltierten Waldweg mündete.

Von dort aus reicht eine Schneise hinunter auf die andere Seite des Hügels, auf dem eine große automatische Richtfunkanlage der Post installiert ist. In dieser Novembernacht hatte niemand hier oben zu tun – außer Abel, der schon seit fast einer Stunde mit dem Rücken an einem Baum lehnte. Vor ihm lag die Abzweigung in den Waldweg, der durch die Schneise führte. Hinter einer Insel aus Fichten mit lockerem Unterholz stand sein Wagen. Durch die Äste sickerte das Mondlicht herunter, und in den Pfützen wuchsen die ersten Eiskristalle.

Die Konturen von Abels Gestalt wurden vom undurchdringlichen Schatten der Bäume verschluckt.

Abel dachte zum ersten Mal seit Monaten daran, daß er irgendwann in den nächsten Tagen Geburtstag haben würde. Er beschloß, den Tag seit langer Zeit einmal wieder zu feiern – falls er nicht in Stammheim draußen gesiebte Luft atmen würde.

Wieder ein Jahr geschafft ohne Krankenversicherung, ohne Option auf eine Rente. Er hatte einfach das Leben runtergesoffen wie ein kühles Bier an einem Sommerabend. Im Knast würde er es nie aushalten können. Zwar würde er ein paar Monate brauchen, bis er die Abläufe so weit durchschaute, daß er einen schlauen Plan realisieren konnte. Dann würde er eines Nachts oder eines Tags abhauen. Unweigerlich. Wenn sie ihn überhaupt je kriegten. Daß das nicht passieren würde, dafür wartete er geduldig in einem nächtlichen Wald oberhalb von Stuttgart.

Drei Minuten vor halb neun flimmerte weißes Licht durch den Wald. Aufgeblendete Scheinwerfer kreisten an den Stämmen entlang. Mit leise knirschenden Reifen rollte ein großer Mercedes über die angefrorenen Kiesel des Waldweges. Kurz bevor die Lichter zu Abel hinüberkrochen, schwenkten sie ab und glitten an dem Citroën entlang. Die Scheinwerfer erloschen. Es blieb still. Der Fahrer des großen Wagens verharrte eine Weile unbeweglich hinter dem Steuer.

Die Gestalt stieg schließlich aus, ging um den Wagen herum. Als der Mann vor dem Kühler war, blendete plötzlich eine große Stablampe vom nahen Waldrand herüber. Der Mann verharrte, er hob die rechte Hand gegen das Licht und versuchte mit zusammengekniffenen Augen den grellen Schein der Lampe zu durchdringen.

»Guten Abend, Mister Regazzo«, Abels Stimme hatte

etwas Verbindliches. »Nehmen Sie bitte auch die linke Hand hoch, vor die Augen, ja, so ist es recht.«

Der Mann schwieg.

»Kommen Sie jetzt bitte ganz langsam auf das Licht zu. Mit den Händen können Sie den Strahl abblenden, so daß Sie den Weg erkennen können.« Abel beobachtete den Mann sorgfältig, der nun begann, auf die Lichtquelle zuzugehen. Abel wich tiefer in das Gehölz zurück. Nach einigen Schritten blieb er stehen.

»Stopp!«

Der Mann hielt an, er hatte immer noch die Hände vor den Augen gekreuzt.

»Gut so«, lobte Abel, »ich nehme an, daß Sie wissen, daß meine Pistole auf Sie gerichtet ist, so daß ich mir ersparen kann, Ihnen mit einem Loch im Körper zu drohen, wenn Sie nicht machen, was ich sage.«

Der Mann schwieg immer noch, es schien aber, als habe er mit dem Kopf genickt.

»Ich freue mich, daß Sie gekommen sind, Herr Rechtsanwalt«, sagte Abel. Er grinste.

»Ich komme als Vertreter meines Mandanten, Herrn Haussmann«, sagte Wolf ungerührt.

»Nein, Sie kommen in eigener Sache«, knurrte Abel und fügte gedehnt hinzu, »Mr. Regazzo ...« Der Anwalt blieb ohne sichtbare Regung. Abel fuhr fort: »Wir werden doch keinen Mörder begünstigen, das gehört sich nicht für einen korrekten Anwalt.«

»Ich habe den Auftrag, Ihnen eine nicht unbedeutende Summe im Namen meines Mandanten zur Verfügung zu stellen. Das Geld ist im Wagen.«

»Wieviel?« fragte Abel kalt.

»Vierhunderttausend, mehr als verlangt, in kleinen, gebrauchten Scheinen, nicht durchnumeriert.«

»An was so ein cleverer Anwalt nicht alles denkt.«

»Aber das gibt es nicht ohne Gegenleistung, Abel. Die Bedingung meines Auftraggebers lautet, daß Sie ein präzise formuliertes Geständnis in der Mordsache zum Nachteil des Reissler unterschreiben und sich dann sofort via Paris nach Brasilien begeben, der Flug ist bereits gebucht, ich habe das Ticket ebenfalls dabei.«

»Ich stelle hier die Bedingungen, Mr. Regazzo«, sagte Abel unwirsch.

»Mehr Geld?«

»Ja, viel mehr!«

»Unmöglich!«

»Doch möglich«, beharrte der Detektiv, »denn das sind noch nicht einmal zwei Prozent von dem, um was ihr beide Reissler beschissen habt, so billig bin ich nicht. Immerhin war es ein Haufen Arbeit, bis ich wußte, wer meinen Klienten umgelegt hat.«

»Fünfhundert?«

»Eine Million!«

»Das kann ich nicht.«

»Also doch Sie alleine?«

»Wieso ich?« Wolf bemerkte seinen Fehler sofort.

»Sie haben Reissler erschossen.«

»Nein.«

»Doch«, sagte Abel ruhig. »Sie waren mit Haussmann an dem Tag, an dem Reissler umkam, in Zürich.«

»Was soll's, das ist häufig so.«

»Sie sollten mich ausreden lassen«, beharrte Abel, »Haussmann war in Zürich und ist nach Mailand geflogen, gehen wir also davon aus. Wo waren Sie noch, außer in Zürich?«

»In Mailand, wie mein Mandant, denn wir hatten zusammen Gespräche zu führen«, kam prompt Wolfs Antwort.

»Richtig«, sagte Abel kalt. »Sie waren in Mailand.

Die Sache hat nur eine Arabeske, da ist der Umweg über Stuttgart, den Sie vergessen hatten zu erwähnen. Sehen Sie, ich habe festgestellt, daß nur Sie auf die Maschine Zürich-Mailand gebucht waren, wo war Haussmann?«

»Seien Sie nicht albern, Haussmann war die Nacht bei einer guten Bekannten.« Wolf begann abzuwiegeln.

»Sie werden lachen, aber ich glaub es Ihnen«, fuhr Abel fort, »und Sie sind auch nach Mailand geflogen, bloß von Stuttgart-Echterdingen aus, nachdem Sie unseren Freund Reissler beseitigt hatten.«

Wolf schwieg. Abel hörte ihn verächtlich durch die Zähne lachen.

Abel fuhr fort: »Ich habe ein wenig spekuliert und gewonnen. Bei der Durchsicht der Passagierlisten fiel mir der Name Regazzo auf der Stecke Zürich-Stuttgart-Zürich auf. Es ist ziemlich ungewöhnlich, daß jemand einen nicht ganz billigen Flug hin und zurück bucht und am Zielort ganze fünfzehn Minuten Aufenthalt hat, es sei denn, unser Mann ist ein Snob und will seiner schwäbischen Freundin nur einen Gutenachtkuß geben. Ziemlich unwahrscheinlich, nicht?«

Wolf beantwortete die Frage nicht. Er stand weiter regungslos im Lichtkegel der Taschenlampe, die Hände vor dem Gesicht verschränkt.

»Es hätte nun sein können, so meine Spekulation, daß diese Buchung eine Art Ablenkungsmanöver war. Etwa für den Fall, daß jemand auf den kleinen Umweg stoßen würde, dann hätte immerhin die Möglichkeit bestanden, zu behaupten, Sie hätten nur eine wichtige Akte in Stuttgart übernommen und seien sofort zurück nach Zürich geflogen und von dort nachts nach Mailand. Der kluge Mann baute vor. Den Decknamen hätte man damit erklären können, daß die Sache wegen der deutschen Steuerbehörden streng vertraulich war. Sicher wäre jedenfalls eines gewesen, daß die Zeit in Stuttgart für einen Mord zu kurz war.«

»Ich muß etwas klarstellen«, sagte der Anwalt. Seine Stimme war fest. »Weder ich noch Herr Haussmann haben von Reisslers Anwesenheit in Stuttgart etwas gewußt, es besteht kein Anlaß für die absurde Annahme, einer von uns hätte ihn getötet. Wenn wir Ihnen heute Geld anbieten, dann nur wegen einer Steuersache, die mit der Erbschaft zusammenhängt. Mit dreihunderttausend ist unser Risiko da schon voll ausgereizt.«

»Nein«, sagte Abel stur. »Nein, wir bleiben beim Thema Mord! Sie wußten sehr wohl von Reisslers Anwesenheit, denn da ist noch die Sache mit dem Telefon im Zeppelin. Mittags hat Reissler zwei Gespräche geführt. Ein Ortsgespräch und ein Ferngespräch mit achtzehn Einheiten.«

»Das interessiert mich nicht. Was ist mit meinem Angebot?«

»Das interessiert Sie sehr wohl! Denn Reissler hat am Nachmittag seines Todestages einen entscheidenden Fehler gemacht, er hat versucht, auf eigene Faust weiterzukommen, und bei Haussmann angerufen. Dort hat man ihm gesagt, daß der Vogel nach Zürich ausgeflogen ist. Also hat Reissler dort angerufen – und ist an unseren Freund Regazzo geraten, der dann noch genügend Zeit hatte, alles zu arrangieren.«

»Was soll das Pokern, es bleibt bei der Summe, überlegen Sie mal, das ist ein Haufen Geld für einen wie Sie.«

»Ich brauche nicht zu pokern, mein Lieber«, Abel wurde wütend, »wollen Sie wissen wie es weitergeht?«

»Eine Frauenstimme hat das Opfer etwa um 19 Uhr sprechen wollen. Jetzt ist aber weit und breit unter den Verdächtigen keine Frau zu sehen, die als Mittäterin in Frage käme. Man kann sich aber auch von einer Dame vermitteln lassen. Zum Beispiel macht das das Flughafenpostamt in Zürich – auf Wunsch versteht sich – für den vielbeschäftigten Businessman. Im Klartext: Sie sind von Zürich nach Stuttgart geflogen und haben sich kurz vor dem Abflug mit Reissler verbinden lassen. Bei diesem Gespräch haben Sie einen Treffpunkt mit ihm ausgemacht, um über die ganze Angelegenheit zu reden. Bevor Sie dann in Stuttgart allerdings zum späteren Tatort gefahren sind, haben Sie als vorsichtiger Mann noch auf die Zürichmaschine eingecheckt, damit Ihr Name in der Passagierliste blieb, und sind dann leise verschwunden. Nach Mailand sind Sie später – nach der Tat – unter einem x-beliebigen Namen geflogen.«

Abel machte eine Pause und betrachtete sein Opfer, das zwischen den mit Eisperlen überzogenen Sträuchern stand.

»Kann ich die Hände herunternehmen?« fragte der Anwalt. Seine Stimme war gefaßt. »Mein Kreislauf ist nicht gut.«

»Sie werden Zeit genug haben, ihn zu kurieren«, spottete Abel. »Das Leben im Knast ist relativ streßfrei.«

»Ich habe Ihnen schon ein paarmal gesagt, daß ich im Auftrage von Herrn Haussmann hier bin.« Wolf schien sich zu strecken.

»Könnte sein«, räumte Abel großzügig ein, »theoretisch hätte Haussmann auch auf den Namen Regazzo reagieren und Sie hierherschicken können, weil er die Hose voll hat ... Ist aber nicht so.«

»Reden wir über Geld. Für Sie kann es doch egal sein, wer ...«, sagte der Anwalt gelassen.

Doch Abel ließ sich nicht bluffen. »Ein Rechtsanwalt, der nur ein Minimum an Vernunft besitzt, würde nie seinen Klienten belasten, wenn er nicht selbst tief in der Tinte steckt. Auch nicht in einer Situation wie heute abend. Parteiverrat nennt man so was, nicht, Herr Doktor?«

Wolf blinzelte ins Licht und schwieg. Sein Gesicht zeigte keine Regung.

Abel fuhr die Frage durch den Kopf, ob Wolf auch so kalt war, als er die Pistole gezogen hatte, um Reissler in den Kopf zu schießen, damit er selber Vermögen und Position behielt? Wie heißt's? Nur wer im Wohlstand lebt, lebt angenehm! – Die Persönlichkeit des Mörders war nicht Abels Problem. Er fuhr fort: »Man muß kein großer Psychologe sein …«

»Verstehen Sie doch, Abel«, sagte der Anwalt und kam drei kleine Schritte auf die Lampe zu, »meine Situation ist verzwickt, ich gebe Ihnen dreihundertfünfzigtausend, mehr kann ich nicht, und Sie hauen ab …«

Noch aus der Bewegung des letzten Schritts tauchte Wolf nach rechts ab, erreichte den Schatten eines Baumstammes, bevor der Lichtkegel ihm folgen konnte.

Plopp, plopp. Zwei Geschosse aus der Waffe des Anwalts fauchten durch den Schalldämpfer. Der Strahl der Taschenlampe fuhr nach oben, kreiselte durch die kahlen Äste und sank auf den modrigen Boden. Dort bildete sich eine kleine Lichtpfütze im faulen Laub. Es war still.

Wolf lauschte gespannt in die Dunkelheit. Vorsichtig tastete er sich auf den Lichtpunkt zu. Er meinte, seinen Gegner gerade stöhnen gehört zu haben.

»Reissler läßt grüßen«, murmelte er höhnisch.

Fangschuß. Das Wort nistete sich im Gehirn des Mannes ein. Er packte den Griff der Waffe fester, hielt den Lauf nach vorne, immer die Gegend am Boden um die Taschenlampe fixierend.

Zwei Schritte vor dem Ziel kam der Hieb. Ein Knüppel fuhr auf den Arm des Anwalts herunter, brach einen Unterarmknochen und lähmte die Nerven, die in die

Finger der rechten Hand führen. Wolf schrie auf und griff mit der Linken nach dem verletzten Arm. Er krümmte sich vor Schmerz.

Bevor Abel zum zweiten Schlag ausholte, ergriff er die Pistole, die vor den Füßen seines Gegners lag. Dann drosch er mit der Faust von unten dem Anwalt ins Gesicht. Der stürzte nach hinten, drehte sich im Fallen und blieb dicht neben der Taschenlampe liegen. Im schwachen Widerschein des Lichts holte Abel mit dem Stiefel weit aus. Die grimmige Wut, in den letzten Tage eingefressen, wollte sich austoben.

»Laß bleiben, Jean«, sagte Paloff von der anderen Seite her. Der Tritt kam nur noch mit halber Kraft und traf das Schlüsselbein des Anwalts.

Mit wenigen Schritten war Paloff bei ihm. Er packte Abel am Ärmel und riß ihn zurück.

»Das reicht doch. Das ist jetzt eine klare Sache«, sagte er mit fester Stimme. Abel nickte matt, hob die Taschenlampe auf und leuchtete.

Vor seinen Füßen krümmte sich der Mann. Sein Kamelhaarmantel war von dem schwarzen Dreck verspritzt, modrige Blätter klebten im Gesicht. Wolf war bei Bewußtsein. Er hechelte und hielt wie im Krampf den rechten Arm umklammert.

»Auf!« befahl Abel und zerrte ihn am Kragen hoch. Paloff half mit einem sicheren Griff unter die Achsel nach. Den Anwalt in der Mitte, gingen die beiden zu den Wagen zurück.

Es war fast Mitternacht. In dem heruntergekommenen Bereitschaftsgebäude der Stuttgarter Kripo in der Dorotheenstraße war die Vernehmung der Beteiligten zu Ende.

Dr. Wolf saß fröstelnd und apathisch mit einem Notverband am Arm auf einem der Holzstühle. Blut und

Erde waren unter der Nase und um den geschwollenen Mund herum verkrustet. Er hielt den Blick gesenkt.

»Kein schöner Anblick«, bemerkte Watrin und nickte mit dem Kopf in Richtung des Advokaten.

»Nein«, bestätigte Abel und sah kurz von seinem Vernehmungsprotokoll auf, das er eingehend studierte, ehe er Seite für Seite unterschrieb.

»Ich weiß jetzt zwar, daß er es war«, begann Watrin wieder, »aber es wird schwer vor Gericht ...«

»Ihr Problem«, knurrte Abel.

»Er wird sein Geständnis widerrufen«, philosophierte Watrin, der nun wieder hinter seinem Schreibtisch saß und die Hände wie zum Gebet gefaltet hatte. »Er wird sich darauf berufen, daß wir sein Geständnis erpreßt haben, daß wir ihn mit Gewalt zum Reden gebracht haben. Er ist schließlich Anwalt von Beruf.«

»Das wird ihm aber nichts helfen«, warf Abel ein, »der Paragraph 136 a der Strafprozeßordnung, den Sie meinen, gilt nur für Staatsorgane – ein Privatdetektiv fällt da nicht darunter, er darf Menschen mit Gewalt zum Reden bringen, besonders wenn er sich in einer Notwehrsituation befindet, weil auf ihn geschossen wurde.«

Die beiden Männer unterhielten sich über Wolf, als sei er nicht im Raum. Er war nur noch Objekt, nicht mehr Subjekt der Handlung.

»Trotzdem, er wird sich darauf berufen, daß wir den Zustand, in dem er sich befindet, ausgenutzt haben«, sagte Watrin, ohne sich zu rühren.

»Mag sein, aber ich kann als Zeuge über sein Verhalten und seine Aussagen oben an dem Parkplatz vernommen werden. Dazu der Bundesgerichtshof ...« Abel hatte Reste seines Examenswissens durchaus noch parat.

»Na, ja, das ist wirklich nicht mein Problem, sondern das des Staatsanwalts.« Watrin streckte sich.

Abel schob den Stapel unterschriebener Protokollseiten mit einem halben Lächeln zu dem Kommissar hin.

»Ich habe gestern, als ich mich vor Ihnen versteckt habe, in der Universitätsbibliothek noch mal nachgelesen, es ist wirklich nichts drin für unseren Freund. Außerdem: Sie lassen ja sicher seine Pistole ballistisch untersuchen, wir haben sie mitgebracht.«

»Bei den Juristen kann man nie wissen«, sagte Watrin skeptisch, »auf hoher See und vor Gericht ist man alleine in Gottes Hand«, und der Kommissar erhob sich schwerfällig.

Paloff, der still im Hintergrund gesessen hatte, stand ebenfalls auf und machte ein unschlüssiges Gesicht. Seine Tabakspfeifen hatte er schon lange eingepackt. Er nickte. Die Erfahrung des Kommissars deckte sich mit seinen Vorstellungen.

»Bin ich so etwas wie ein Kronzeuge?« fragte er.

»Vielleicht«, der Alte lächelte dünn, »bedanken Sie sich bei Ihrem Freund, der hat die Vernehmung im Wald ja relativ geschickt eingefädelt.« Nach kurzer Pause fuhr er fort:»›Vernehmung‹ ist hier wohl in Anführungszeichen zu setzen. Er mag zwar recht haben, der studierte Herr«, jetzt war Abel das Objekt, »aber mit rechtsstaatlichen Prinzipien hat das alles nicht zu tun.«

Abel schoß drei Schritte nach vorn. Leise fragte er: »Und was war mit mir gewesen? Sie wollten mir ums Verrecken nicht die Chance geben, den Täter zu finden, weil Sie selbst nicht dazu fähig waren«, er schnaubte verächtlich. »Ist das der Rechtsstaat, den Sie meinen? Ist Recht Ihre Scheiß-Routine, mit der Sie angeben? Ist Ihr Vorurteil besser als das Urteil über den wahren Täter, der hier auf dem Stuhl hockt«, Abel trat an das Stuhlbein, »und den Apathischen mimt? Woher nehmen Sie Ihre spießige Arroganz, Ihre stumpfe Teilnahmslosigkeit an meinem Schicksal? Hat nur er, der reiche Anwalt, Anspruch auf Ihren Rechtsstaat?«

Abel war in Wut geraten. Er stand vor dem kleinen alten Kommissar, der ihm fest ins Auge sah.

Nach einer kurzen Pause flüsterte Watrin: »Aus der Erfahrung, Abel, aus der Erfahrung. Sie sind der gewöhnliche Tätertyp. Als Ausnahme bestätigen Sie nur die Regel ...«

Abel drehte sich um. Ohne zu antworten, winkte er seinem Freund, der schweigend dabeigestanden hatte und selbst den Kommissar nicht verstand. Abel schritt zur Tür und zischte zwischen den Zähnen hindurch: »Scheißbulle«, dann war er an der Tür.

»Riebele«, rief Watrin mit sanfter Stimme.

Abel und der Beamte stießen in der Tür zusammen.

»Herrn Abel bitte auf Nummer fünf.«

Riebele packte den fassungslosen Detektiv am Arm und zog ihn zurück in die Amtsstube. Handschellen klickten.

Abel fuhr herum und brüllte den Kommissar an: »Was ist hier los?«

»Ja, was ist hier los?« wiederholte Paloff verwirrt.

»Wie bitte?« Watrin blickte fragend auf.

»Was soll das Theater hier?« schrie Abel mit rotem Gesicht und hielt die gefesselten Hände dem Kommissar vor das Gesicht.

»Der Haftbefehl gegen Sie ist noch nicht aufgehoben«, lächelte Watrin, »deshalb müssen Sie vorerst hierbleiben. Sie können sich einen Anwalt bestellen und, wenn Sie wollen, morgen früh Haftbeschwerde einlegen, aber vorerst bleiben Sie hier.«

Abel rang nach Fassung, während Dr. Wolf grinsend den Kopf hob und den gefesselten Detektiv musterte.

»Das ist doch die Höhe«, rief Paloff empört, »Herr

Kommissar, erst liefert Ihnen mein Freund den Täter und dann ...«, er brach ab.

»Gesetz ist Gesetz«, murmelte der Kommissar und gab Riebele einen Wink, der Abel sogleich am Arm zerrte.

»Moment mal«, schrie Abel dazwischen und riß die Handschellen zurück, »der Haftbefehl ist unverzüglich aufzuheben, wenn kein Tatverdacht mehr besteht.«

»Richtig, Sie sind ja ein Studierter«, sagte Watrin, ohne auf das dünne Lächeln zu verzichten. »Dann wissen Sie auch, was ›unverzüglich‹ heißt: nämlich ›ohne schuldhaftes Zögern‹.« Der Kommissar sah auf seine Uhr.

»0 Uhr 23«, sagte er. »Morgen ist auch noch ein Tag, da werde ich dann mit dem Staatsanwalt sprechen. Oder wollen Sie, daß wir mitten in der Nacht den Staatsanwalt wegen einer Lappalie heraustrommeln.«

»Rufen Sie sofort an!«

Watrin packte seine Aktentasche auf den Tisch und verstaute seine Thermosflasche.

»Schade, daß es so spät ist, aber Sie bekommen ja eine Haftentschädigung für die Nacht, zehn oder zwölf Mark, leicht verdientes Geld für einen wie Sie.«

Im Vorbeigehen klopfte er Abel auf die Schulter.

»Mach's gut, mein Junge«, sagte er freundlich.

»Im Grund sind Sie ein ganz armes Schwein, Watrin«, knurrte Abel und folgte Riebele zur Zelle Nummer fünf.